바테크

The History of the Caliph Vathek

THE LIBRARY OF BABEL by Jorge Luis Borges

Copyright ⓒ 1998 by Maria Kodama
Korean translation copyright ⓒ 2010 by Bada Publishing Co.

All rights reserved.
This edition published by arrangement
with F.M.R. ART'E' S.P.A. through Shinwon Agency Co.

이 책의 한국어판 저작권은 Shinwon Agency를 통해
F.M.R. S.p.a. 사와의 독점 계약으로 바다출판사에 있습니다.
저작권법에 의해 한국 내에서 보호를 받는 저작물이므로
무단 전재와 무단 복제를 금합니다.

호르헤 루이스 보르헤스
Jorge Luis Borges 1899~1986

바벨의 도서관

성서는 인류의 모든 혼돈의 기원을 바벨이라 명명한다. '바벨의 도서관'은 '혼돈으로서의 세계'에 대한 은유이지만 또한 보르헤스에게 바벨의 도서관은 우주, 영원, 무한, 인류의 수수께끼를 풀 수 있는 암호를 상징한다. 보르헤스는 '모든 책들의 암호임과 동시에 그것들에 대한 완전한 해석인' 단 한 권의 '총체적인' 책에 다가가고자 했고 설레는 마음으로 그런 책과의 조우를 기다렸다.

'바벨의 도서관' 시리즈는 보르헤스가 그런 총체적인 책을 찾아 헤맨 흔적을 담은 여정이다. 장님 호메로스가 기억에만 의지해 《일리아드》를 후세에 남겼듯이 인생의 말년에 암흑의 미궁 속에 팽개쳐진 보르헤스 또한 놀라운 기억력으로 그의 환상의 도서관을 만들고 거기에 서문을 덧붙였다. 여기 보르헤스가 엄선한 스물아홉 권의 작품집은 혼돈(바벨)이 극에 달한 세상에서 인생과 우주의 의미를 찾아 떠나려는 모든 항해자들의 든든한 등대이자 믿을 만한 나침반이 될 것이다.

나는 《바테크》가
토머스 드퀸시와 포, 샤를 보들레르, 위스망스가 창조해 낸
지옥의 화려함을 예고했다고 생각한다.

호르헤 루이스 보르헤스

† 보르헤스 세계문학 컬렉션 †

바테크

윌리엄 벡퍼드
문은실 옮김

바다출판사

William Beckford
1760~1844

◆
목
차
◆

화려한 지옥의 전주곡_보르헤스 • 011

바테크 • 017

작가 소개 윌리엄 벡퍼드 • 192

화려한 지옥의 전주곡

호르헤 루이스 보르헤스

나는 1930년 이후에 몇 년간 서부 지역 변두리의 작은 도서관에서 수석 조수로 일했다. 나는 영어권 책들을 구입하는 일을 맡았는데, 그 책들은 결국 나만 읽었다. 책들을 살피다가 내 젊은 날의 어느 저녁을 다시 마주하는 놀라운 경험을 했다. 젊은 시절 어느 저녁에 나는 또 다른 변두리 동네에서 벡퍼드의 《바테크》(1786)를 읽은 적이 있었다.

사실 《바테크》의 줄거리는 복잡하지 않다. 바테크(Harún Benalmotásim Vatiq Bilá, 아바시데스 족 9대 칼리프)는 별을 해석하기 위해 바빌론 탑을 세웠다. 별들은 미지의 땅에서 올 천하무적인 어떤 남자를 통해 바테크에게 기적이 일어나리라 예고했다. 한 상인이 제국의 수도에 왔다. 상인의 얼굴 생김새가 너무 험악해서 그를 칼리프 앞에 데려가는 호위 병사들조차 눈을 감고 갈 정도였다. 상인은 칼리프에게 언월도를 팔고 사라진다. 칼날에는 보는 각도에 따라 색깔이 달라지는 이상한 글자들이 새겨져 있었고, 그것은 바테크의 호기심을 불러일으켰다.

한 남자가 그 글자들을 해석하고 사라진다. 그 글자의 의미는 '우리는 모든 것이 경이롭고 지상에서 가장 위대한 군주가 있을 만한 곳의 마지막 경이로움이다', 또 '몰라야 하는 것을 알고 싶어 하는 경솔한 자의 불행'을 뜻했다. 칼리프는 마법에 빠진다. 상인의 목소리가 어둠 속에서 이슬람 신앙을 버리고 어둠의 힘을 숭배하라고 말한다. 만약 그렇게 한다면 지하 불의 궁전 문을 열게 될 것이라고 한다. 그리고 그 궁전 안에서 별들이 약속했던 보물들과 세계를 정복할 수 있는 부적, 아담 이전 술탄들의 왕관, 특히 솔리만 벤다우드의 왕관을 얻게 될 것이라고 한다. 탐욕스러운 칼리프는 유혹에 넘어가고 만다. 상인은 오십 명의 인간을 희생 제물로 요구한다. 피비린내 나는 몇 년이 흐른다. 혐오스러운 어둠의 영혼이 된 바테크는 황량한 산에 도착한다. 땅이 열린다. 두려움과 기대를 가지고 바테크는 세상 끝까지 내려간다. 얼굴이 창백한 수많은 사람들이 서로 보지 못한 채 조용히 무한의 궁전 속 화려한 복도를 떠돌아다닌다. 상인은 바테크를 속이지 않았다. 지하 불의 궁전은 보물과 부적들로 넘쳐났다. 하지만 그곳은 지옥이기도 했다(같은 장르의 파우스트 박사 이야기를 나오게 한 수많은 중세의 전설들에서 지옥은 악의 신들과 협상한 죄지은 자에게 내리는 형벌이다. 바테크의 이야기에서 지옥은 형벌이고 유혹이다).

세인츠버리와 앤드루 랭은 지하 불의 궁전을 벡퍼드의 가장 훌륭한 업적이라고 말하거나 암시했다. 나는 이것을 문학에 나타난 가장 최초의 잔인한 지옥이라고 주장하고 싶다. 나는 이런 역설적 주장을 펼치고 싶다. 문학에 나타난 지옥들 가운데 가장 유명한 지옥, 《신곡》의 고통스러운 왕국은 잔인한 곳이 아니라 잔인한 일들이 일어나는 곳이다. 그 구분을 명확히 해두는 것이 좋겠다.

스티븐슨은 《꿈에 관하여 A Chapter on Dreams》에서 어린 시절에 꿨던 꿈속에서의 혐오스러운 뿌연 갈색 색조가 그를 괴롭혔다고 말했다. 체스터턴(《목요일의 사나이》)은 세상 서쪽 끝에는 나무가 있고 동쪽 끝에는 탑이 있는데 그 탑의 건축은 사악하다고 상상했다. 포는 〈병 속에서 나온 수기〉에서 선원의 살아 있는 육체처럼 배의 부피가 커지는 남쪽 바다에 대해 말했다. 멜빌은 《모비 딕》에서 고래의 견디기 어려운 백색이 주는 공포를 설명하는 데 많은 페이지를 할애했다.

나는 지옥의 여러 예들을 보여 주었다. 단테의 지옥은 감옥 개념을 멋지게 바꿔 놓은 것이고, 벡퍼드의 지옥은 악몽의 지하도를 이해하기에 충분했을 것이다. 《신곡》은 문학사에 있어 가장 인정할 만하고 확고한 작품이다. 《바테크》는 단순한 호기심거리, 한순간의 향기요, 시간 때우기 이상은 아니다. 그러나 나는 《바테크》가 비록 허술하게나마 토머스 드퀸시와 포, 샤를 보들레르, 위스망스가 창조해 낸 지옥의 화려함을 예고했다고 생각한다.

초자연적인 공포를 표현하는 스코틀랜드 방언 중 'uncanny(묘한, 초자연적인)'라는 형용사가 있다. 이 형용사(독일어로 unheimlich)는 《바테크》의 몇몇 페이지에 적용할 수 있다. 내 기억으로는 이전의 어떤 다른 책에도 적용할 수 없는 단어이다.

채프먼은 벡퍼드에게 영향을 준 책들을 다음과 같이 언급했다. 바르텔미 데르블로의 《동양 도서관Bibliothégue Orientale》, 해밀턴의 《파카르댕 가의 네 사람Quatre Facardins》, 볼테르의 《바빌론의 공주》, 늘 혹평과 찬사를 같이 받는 갈랑의 《천일야화Mille et une nuit》이다. 나는 이 목록에 피라네시의 〈상상의 감옥〉을 덧붙이고자 한다. 이것은 벡퍼드의 칭찬을 받은 에칭으로 거기에 그려진 광대한 궁전은 착종된 미궁이기도 하다. 《바테크》의 첫 페이지에서 벡퍼드는 오감과 일치하는 다섯 궁전을 열거했다. 마리노는 《아도네Adone》에서 비슷한 다섯 정원을 묘사했었다. 마리노의 경우에 나는 늘 나이팅게일의 메타포 즉, 숲의 사이렌이 생각난다.

1782년 겨울, 2박 3일 만에 윌리엄 벡퍼드는 이 칼리프의 비극적 이야기를 프랑스어로 집필했다고 한다. 내 고향 친구이자 비평가이며 시인인 엔리케 루이스 레볼이 기록한 자료에 따르면 《바테크》는 바이런의 애독서였다. 벡퍼드는 부와 지위를 가진 한량, 대단한 여행가, 애서가, 난봉꾼, 궁전 건축가였던 아주 저속한 인물이었다. 벡퍼드는 폰트힐에 별난 집을 지었다. 다행히 취향이 나쁘지 않아서 그 저택은 단순히 돌 위에 돌을 쌓은 정도는 아닌 듯하다.

바테크

The History of the Caliph Vathek

아바시데스 족의 아홉 번째 칼리프인 바테크는 모타셈의 아들이자, 하룬 알 라시드의 손자였다. 이른 나이에 권좌에 올라 자신이 소유한 재능으로 그 권좌에 광채를 더하면서, 그의 신민들은 바테크의 통치가 길고 행복하게 갔으면 하는 기대를 어느결에 하게 되었다. 호감이 가는 그의 모습은 꽤 위풍당당했다. 하지만 화가 날 때면 한쪽 눈이 너무나 무시무시하게 변하여, 어느 누구도 그 눈을 똑바로 맞추며 볼 수가 없었다. 그리고 운 없이 그 눈길을 받은 가련한 사람은 뒷걸음질을 치게 되며, 때로는 숨이 끊어지기까지 했다. 하지만 통치 기간이 짧아지고 궁전이 황폐해질지도 모른다는 두려움에, 그는 분노에 길을 내주는 법이 거의 없었다.

여자들과 음식이 주는 즐거움에 중독되었다고 할 만한 그는 마음에 드는 친구들을 손에 넣기 위해서는 상냥한 태도를 보였다. 그리고 마음껏 아량을 베풀면서, 탐닉도 마음껏 즐기면서 더 좋은 것을 얻어 냈다. 그는 어떠한 일에도 망설임이 없는 사람이었으며, 그랬던 것은 이를테면 다음 세상에 올 천국을 즐기기 위해 이 세상에 지옥을 만들 필요가 반드시 있다고 생각했던 칼리프 오마르 벤 아브달라지즈와는 생각이 달랐기 때문이다.

그는 장엄한 기풍에서는 선대의 모든 칼리프들을 능가했다. 알코레미 궁전은 그가 생각하기에는 너무 옹색했다. 그의 아버지 모타셈이 얼룩말 언덕에 지은 이곳은 사마라 시 전체를 지휘하는 궁전이었다. 그는 거기에 다섯 동, 아니 그렇게 말하기보다는 서로 다른 특색을 지닌 궁전 다섯 채를 지었다고 해야겠다. 그 궁전들은 그의 감각에 따라 각각의 특정한 만족을 주도록 정해져 있었다.

첫 번째 궁전은 절묘하디 절묘한 진미로 뒤덮인 식탁들이 채우고 있었다. 사람들이 끊임없이 먹어 댔기 때문에 음식은 밤이고 낮이고 제공되었다. 그동안에 가장 맛 좋은 와인과 정선된 코디얼주가 백 개의 통에서 결코 마르는 법 없이 넘실대고 있었다. 이 궁전은 '영원한, 혹은 만족을 모르는 향연'이라고 불렸다.

두 번째 궁전은 '멜로디의 사원, 혹은 영혼의 넥타르'라는 이름으로 꾸며졌다. 그곳에는 당시 가장 재주 좋은 음악가들과 사랑받는 시인들이 살고 있었다. 그들은 안에서만 재능을 과시해 보이는 것이 아니라 바깥에도 악단을 곳곳에 보내, 그들을 둘러싼 모든 장면에 노래가 울려 퍼지도록 만들었다. 노래는 더할 나위 없이 즐겁게 이어지며 끝도 없이 다양하게 바뀌었다.

'눈의 즐거움, 혹은 추억의 증언'이라고 이름 붙은 궁전은 매혹 그 자체였다. 지구의 구석구석에서부터 수집한 진귀한 물건들이 이리저리 뒤섞여 아찔할 만큼 숱하게 널려 있으되, 배열된 모습을 보면 그 나름의 질서가 잘 잡혀 있었다. 한 전시실에는 저 유명한 화가 마니의 그림들과 꼭 살아 있는 듯 보이는 조각들을 전시해 놓았다. 여기에 원근법을 제대로 이용해 눈길을 사로잡았는데, 저쪽에 가보면 광학의 마법이 그 원근법을 기분 좋게 농락한다. 한편으로는 자연주의자의 그림이, 하늘이 지구에 하사한 다양한 선물을 여러 가지 분류에 맞추어 드러내며 제 몫을 하고 있었다. 요컨대 바테크는 이 궁을 자주 드나드는 사람들의 호기심을 채워 줄 만한 것이면 무엇 하나 빠뜨리는 법이 없었다. 다만 그 자신의 호기심만은 채울 길이 없었으니, 그는 모든 사람들 가운데서도 호기심이 가장 많은 사람이었기 때문이다.

'향수의 궁전'은 '쾌락의 포상'이라고 불리기도 했거니와, 지구가 만들어 낸 갖가지 향이 황금 향로에서 쉼 없이 타오르고 있는 방이 여러 개 있었다. 이곳에는 횃불과 아로마향을 내는 등이 훤한 대낮에도 밝혀져 있었다. 그러나 이 기분 좋은 황홀경이 너무 압도적이다 싶으면, 아래에 있는 거대한 정원으로 내려가 볼 수 있겠다. 향기 품은 온갖 꽃들이 모여 앉아 대기에 가장 순수한 향을 내뿜는 곳이었다.

'환희의 피난처' 혹은 '위험한 곳'이라고 불렸던 다섯 번째 궁은 천녀들만큼이나 아름다우며, 유혹을 자극하기로는 그들에 뒤지지 않는 젊은 여인들 무리가 언제고 모여 있었다. 그들은 칼리프의 허락을 받은 사람들의 품에 안기는 데 실패한 적이 단 한 번도 없었다. 그는 어떻게 해도 질투에 빠지는 일은 없었거니와, 그 자신이 살고 있는 궁전에 제 자신만을 위한 여인들을 고이 모셔 두고 있었기 때문이다.

아무리 육욕을 탐닉하고는 있었다지만, 바테크는 자신이 다스리는 백성들에 대한 사랑이 약해지는 일은 또 결코 없었다. 백성들이 자신들을 원수로 삼는 군주보다 쾌락에 열중한 군주에게 더 견디지 못하리라는 법도 없다고 그는 생각했다. 그러나 칼리프는 좌불안석에다 충동적인 기질 탓에 그냥 그 자리에 멈춰 있지를 못했다. 그는 아버지 살아생전에 즐거움을 위해 몹시 열심히 공부한 덕택에 대단히 많은 지식을 쌓았다. 비록 그 자신을 만족시킬 만큼 충분한 양은 역시 아니었지만 말이다. 그는 모든 것, 심지어는 존재하지도 않는 과학들에 대해서마저 알기를 원했다. 그는 박식한 사람들과 논쟁하는 재미에 푹 빠져 있기는 했지만, 그들이 반대 의견을 격렬하게 밀어붙이는 것은 좋아하지 않았다. 그는 선물로 입을 막을 수 있는 자들은 선물로 입을 막았다. 반면에 자신의 관대함으로도 꺾을 수 없는 사람들은 피를 식혀 주는 의미에서 감옥으로 보냈다. 그 방법은 종종 효과를 거두었다.

 바테크는 신학 논쟁이 특히 즐겁다는 사실을 알게 되었다. 하지만 그는 대체로 정통 교의를 견지하지는 않았다. 이 방법으로 그는 광신자들이 자신에게 반기를 들도록 도발했고, 자기 쪽에서는 그들에게 박해를 되돌려 주었다. 그러니까 그는 어떤 식으로든 자기 쪽이 옳다는 결의가 있었다.

 칼리프들을 대리자로 둔 위대한 예언자 마호메트는 자신의 거처인 일곱 번째 하늘에서, 그토록 신앙을 저버린 한 대리인의 행동을 비분에 차서 눈여겨보았다. "그를 그대로 내버려 두자꾸나." 그가 지니❖들에게 말했다. 지니들은 언제나 그의 명령을 떠받들 준비가 되어 있었다. "저자의 어리석음과 불신이 저자 자신을 어디까지 끌고 갈지 보자꾸나. 선을 넘는다면, 그를 어떻게 벌할지 알게 될 것이다. 그러니 그를 도와 탑을 완성하여라. 니므롯❖❖을 흉내 내어 그가 짓기 시작한 탑을. 물에 빠져 죽는 것

....
❖ 아라비아 동화에 등장하는 정령.
❖❖ 성서에 등장하는 인물로 사냥의 명수이며 바벨탑 건설을 지휘했다고 함.

†바테크†

을 피하기 위한 위대한 전사가 아니라, 천국의 비밀을 캐내기 위한 무례한 호기심으로 탑을 짓고 있구나. 그는 자신을 기다리고 있는 운명에 점괘를 낼 재간조차 없을 것이다."

지니들은 분부에 순응했다. 일꾼들이 낮에 탑을 한 척 쌓으면, 밤에는 두 척이 더 쌓이곤 했다. 기민하게 올라가는 탑은 바테크의 허영심을 감안하면 이만저만 흡족한 일이 아니었다. 그는 무생물인 물질마저 자신의 계획을 도와주기 위해 흔쾌히 나섰다는 공상에 빠졌다. 우매하고 사악한 성공이 징벌의 첫 번째 매질임은 생각하지 못하는 것이었다.

그의 자부심은 1만 1천 개의 계단을 올랐을 때 최고조에 이르렀다. 그는 저 아래로 눈길을 던졌고, 개미보다도 작은 사람들과 조개보다도 자잘한 산들, 벌집보다 작아 보이는 도시들을 유심히 보았다. 그는 제 자신의 위대함을 떠올리게 하는 이런저런 생각으로 완전히 얼이 나가 버렸다. 스스로 자기를 떠받들어 모실 준비가 되었을 정도였다. 그러니까 그것은 그가 눈을 들어올려, 땅에서 볼 때와 마찬가지로 높게 떠 있는 듯한 별들을 볼 때까지의 일이었다. 하지만 그는 자신이 하잘것없고 무상하다는 생각을 곧 떨쳐냈다. 다른 사람들의 눈에는 자기가 크게 보이리라는 생각으로 스스로를 위로했다. 그리고 자기 정신의 빛이 자기 눈이 미치는 곳을 넘어서 자기 운명의 명령을 별들에게까지 옮겨다 주리라는 생각을 하고는 곧 우쭐해졌다.

이 알고 싶은 게 많은 군주는 거의 매일 밤마다 탑 정상에 올라갔다. 그리하여 점성학의 신비에 정통하게 되었는데, 행성들이 자신에게 가장 경이로운 모험을 들춰 보여 주고 있다고 상상했다. 그것은 어느 나라에서 왔는지, 누구인지도 모를 어떤 비범한 인물이 완성하기로 되어 있는 모험이었다. 호기심이라는 동기가 있는 터에, 그는 이방인들이라면 항상 호의를 베풀었다. 하지만 이 경우는 더욱 특별해서, 두 배로 신경을 쓰기로 하고 사마라의 거리 곳곳에 나팔을 불도록 명령했다. 명령은 나그네를 보면 군주의 노여움을 살 위험을 무릅쓰고 묵게 해주거나 붙잡아 둬서는 안 되며, 그를 궁으로 곧장 데리고 오라는 것이었다.

　포고가 난 지 얼마 지나지 않아 바테크의 관구에 행색이 추레하기 이를 데 없는 사내가 한 명 당도했는데, 그를 이끌고 가던 경비병들도 차마 눈 뜨고 못 볼 지경이었다. 바테크도 바테크대로 그 끔찍한 면상에 사뭇 놀란 듯했다. 하지만 공포의 감정은, 이자가 바테크가 한 번 본 적도 없고 생각조차 하지 못했던 희귀한 물건들을 그의 눈앞에 내놓자 이내 기쁨으로 바뀌었다.

　이 이방인이 쏟아 놓은 물건들보다 더 굉장한 물건은 현실에서는 없었다. 그가 내놓은 이 진기한 물건들은 겉보기에도 장관이었지만, 그 세공 솜씨 또한 손색이 없었다. 대부분의 물건에는 해당 물품이 지닌 여러 미덕을 적은 양피지가 붙어 있었다. 발을 저절로 걷게 해주는 신, 손을 쓰지 않고도 사용할 수 있는 칼, 타격하고 싶은 상대방에게 딱 맞추어 날을 날리는 언월도가 있었다. 그리고 모든 물건은 여태껏 듣도 보도 못한 보옥들로 치장되어 있었다.

눈부시도록 찬연한 빛을 내뿜는 언월도의 날이 그 무엇보다도 칼리프 바테크의 마음을 꼼짝없이 사로잡아 버렸다. 그는 그 양날에 새겨진 기묘한 특성을 틈나는 대로 해독해 보겠다고 다짐했다. 그리하여 그는 가격을 묻지도 않고 국고에서 금화 전부를 가져오라고 명령했고, 상인에게는 마음에 찰 만큼 가져가라고 지시했다. 이방인은 군말 없이 공손하게 그의 말을 따랐다.

바테크는 상인의 과묵함이 자기 앞이라 경외심에 젖은 까닭이라고 넘겨짚고는 그에게 가까이 오라고 이른 후, 수혜를 베푸는 듯한 태도로 물었다. "그대는 누구인가? 어디에서 왔지? 그리고 저토록 아름다운 산품들은 어디서 얻었나?" 남자라고 하기도 뭣한 그 괴물은 대꾸 대신, 이마를 쓱쓱 문질렀다. 이마는 몸과 마찬가지로 흑단보다 더 새카맸다. 그는 가공할 만큼 돌출한 배를 네 번 탁탁 두드렸고, 관솔처럼 타오르는 거대한 눈을 뜨더니 흉측한 소리를 내며 웃기 시작했다. 그러고는 녹색 줄이 죽죽 가 있는 호박색의 기다란 이를 드러내는 것이었다.

바테크는 약간 놀라기는 했으나 질문을 고쳐 다시 말했다. 하지만 대답을 얻는 데는 역시 실패했다. 이쯤 되자 그도 안달이 나기 시작했는지 목소리를 높였다. "네 이놈, 이 비천한 자여, 내가 누구인가? 지금 네가 비웃음을 날리는 상대가 누군지나 아는가?" 그러고서 경비병들에게 물었다. "이놈이 말하는 것을 들은 적이 있느냐? 이놈, 백치인가?"

"말을 하긴 했습니다." 그들이 아뢰었다. "하지만 말이랄 것도 없이 하나마나한 만큼이었습니다."

"그럼 다시 입을 벌리게 하라." 바테크가 말했다. "이놈이 어떤 놈인지, 어디에서 왔는지, 그리고 예사 것이 아닌 이 진기들을 어디서 수중에 넣었는지 고하라. 그렇지 못하면 발람✤의 엉덩짝에 대고 맹세하건대, 저놈의 오기를 반드시 후회하게 만들고야 말겠다."

화에 차서 예의 그 위협적인 '응시'와 더불어 협박을 했건만, 그 무시무시한 눈길에도 이방인은 어떤 감정의 동요도 보이지 않으며 눈 하나 깜짝하지 않았다. 그러기는커녕 그는 군주의 오금이 저리는 그 눈에다가 시선을 고정할 뿐이었다.

이 무례하기 짝이 없는 상인이 군주와의 만남에서 버티기로 일관하는 장면을 목격하고 조신들이 느꼈을 충격과 경악은 말로는 표현할 수 없었다. 경비병들은 땅에 엎드려 머리를 조아리면서 목숨을 부지할 길을 찾았다. 그 비굴한 자세는 칼리프께서 노기가 등등해 큰소리를 낼 때까지 계속되었다. "일어나라, 이 못

✤ 메소포타미아의 예언자 혹은 천사. 대체로 믿을 수 없는 예언자로 여겨진다.

† 바테크 †

난 겁쟁이들! 이 이단자를 묶어라! 이놈을 옥에 처넣고, 가장 뛰어난 병사들로 하여금 감시하게 하라! 하지만 내가 준 돈은 그냥 갖게 두어라. 이놈의 재산을 빼앗고자 하는 것은 내 뜻이 아니다. 단지 나는 이놈이 하는 말을 듣고 싶을 뿐이다."

그의 입에서 말이 떨어지기가 무섭게, 경비병들이 이방인을 부리나케 에워싸고 튼튼한 족쇄로 포박하고는 거탑에 있는 감옥으로 데려갔다. 감옥은 일곱 개의 철제 빗살로 꽁꽁 둘러싸여 있으며, 꼬챙이보다도 가느다란 징이 사방으로 무장하고 있는 곳이었다.

그렇게 하고 나서도 칼리프는 분이 풀리지 않아 한껏 난폭하게 숨을 몰아쉬고 있었다. 식사를 하려고 자리에 앉았으나, 그 앞에 매일 놓이는 3백 가지의 산해진미 중 단 서른두 개 정도밖에 맛을 볼 수가 없었다. 그로서는 그런 식의 식사에는 너무나 익숙하지 않은 나머지, 잠을 이루지 못할 지경이 되고도 능히 남을 일이었다. 거기에 설상가상으로 영혼을 먹어 치우는 조바심이 겹쳤으니 그 여파가 어떠할 것인가? 새벽빛이 비칠까 말까 할 적에 그는 황급히 감옥을 향해 줄달음을 쳤다. 고분고분하지 않은 이방인을 다시 한 번 다그쳐 보기 위해서였다. 그러나 감옥은 비어 있고 문짝은 동강동강 부서진 데다가 경비병들이 주검으로 널브러져 있는 모습을 발견했을 때 바테크의 진노는 그 모든 선을 넘고 말았다. 분에 못 이겨 발작 상태가 된 그는 광란에 빠져 시신들을 밟기 시작했으며, 막간의 휴식도 없이 해가 다 질 때까지 그들을 차댔다. 그의 조신들과 고관들은 그의 끝 모를 행동을 누그러뜨려 보려고 기를 썼지만, 어떤 방편도 무위로 돌아가자 입을 모아 한목소리로 외쳤다. "칼리프께서 돌아 버리셨다! 칼리프께서 정신이 나가셨어!"

　이 외침은 곧 사마라의 거리거리에 다시 울려 퍼졌고, 그의 어머니인 카라티스의 귀에까지 들어갔다. 그녀는 말도 못할 경악에 빠져 아들의 마음을 다스려 보려고 바람같이 달려왔다. 그녀의 눈물이 잔뜩 달아올라 시체들에 몰두해 있던 그의 행동을 멈추게 했고, 그는 어머니의 간청에 못 이겨 궁으로 돌아왔다.

　바테크를 홀로 두기가 걱정스러웠던 카라티스는 그를 침대에 밀어 넣고 곁에 앉아 대화로써 다독거리고 누그러뜨리려고 애썼다. 그 일을 그녀보다 잘 해내는 사람은 아무도 없었다. 칼리프가 그녀를 어머니로서 사랑할 뿐만 아니라, 우월하고 비범한 능력을 가진 사람으로서 존경했기 때문이다. 제 자신이 그리스인으로서 제 조국의 모든 과학과 체계를 받아들이도록 바테크를 부추긴 사람도 그녀였다. 신실한 이슬람교도라면 그토록 철저하게 질색하는 학문을 말이다. 정통 점성학도 그녀가 완벽하게 능통해 있는 학문 체계 가운데 하나였다. 그리하여 그녀는 아들이 그런 행동을 한 것은 별들의 약속 때문이었음을 상기시키며, 별들에게 다시 의논을 구해 보겠다는 뜻을 넌지시 내비쳤다.

"아아, 슬프도다!" 입을 벌릴 수 있게 되자마자 칼리프가 한숨을 내쉬며 말했다. "내가 이 무슨 어리석은 짓을 한 건가요! 그토록 호락호락하게 죽음에 굴복한 경비병들에게 내린 발길질 때문이 아니에요. 그 비상한 사나이가 별들이 예언했던 바로 그자임을 알지 못한 게 어리석었어요. 함부로 다루는 대신에 모든 설득 기술을 동원해 회유했어야만 했단 말입니다."

카라티스가 말했다. "지나간 일을 되새기면 쓰나. 하나 그런 일은 미래에 대해 생각해 볼 의무는 안겨 주지. 네가 그토록 통탄하는 일을 어쩌면 다시 보게 될지도 몰라. 언월도에 새겨진 글씨가 어떤 정보를 줄 수도 있다. 그러니 수저를 들어라. 휴식을 취하렴, 나의 사랑하는 아들아. 어떤 대책을 강구할지는 내일 생각하면 된다."

바테크는 어머니의 조언에 힘닿는 만큼 순순히 따랐고, 아침에는 적이 평안해진 마음으로 일어났다. 그리고 깨자마자 언월도들을 가져오라고 명령하고는 녹색 유리 너머로 그 검들을 찬찬히 뜯어보았다. 칼날의 광택에 눈이 부시지 않게 하려고 유리를 댄 것이었다. 그는 앉아서 칼날에 새겨진 말들을 해독해 보려고 열심이었다. 하지만 거듭 되풀이된 시도는 하릴없이 전부 허사로 돌아가고 말았다. 그는 소득도 없이 머리를 두드리고 손톱을 깨물었지만, 단 한 단어도 밝혀낼 수가 없었다. 카라티스가 그때 요행히 방에 들어서지 않았다면, 참으로 불행하게도 그는 실망감에 다시 한 번 파멸적인 광란에 빠져들었을 것이다.

"조금 참고 견뎌 보려무나, 아들아!" 그녀가 말했다. "너는 과학에 관하여 중요한 모든 것을 알고 있지. 하지만 언어에 관한 지식이라면 기껏해야 하찮은 정도밖에 되지 않아. 현학이라 할 만한 수준밖에 되지 못한단 말이다. 네가 지금 알아내지 못하고 있는 것을 알아내는 자는 누구를 막론하고 너의 위대함을 기대게 한 공로가 있으니 굉장한 포상을 내리리라는 포고를 내려라. 네가 알아내려는 것 아래 무엇이 있는지 알아내는 자에게 상을 내려. 네 호기심이 채워질 것이다."

칼리프가 말했다. "그럴 수도 있어요. 하지만 그러는 동안에 어중이떠중이들한테 끔찍하게 시달리고 말겠지요. 어떻게 포상을 얻어 낼 수 있지 않을까 하는 희망으로 즐거움에 들떠서는 되도 않는 말을 주워섬기겠다고 얼마든지 기꺼이 시험에 올 자들 때문에 말입니다. 그런 불쾌한 사태를 막기 위해서 만족스러운 대답을 못 내놓은 후보자들은 모조리 죽이겠어요. 하늘에 감사할 따름이지! 남의 말을 옮긴 것인지, 지어서 하는 말인지 구별할 능력이 내겐 있으니까요."

"그건 의심할 나위가 없지." 카라티스가 대꾸했다. "하지만 답을 모르는 자에게 죽음을 내리는 것은 어딘지 다소 심한 처사 같구나. 그리고 아마 위험한 효과만 낳게 될 거야. 수염을 불태우도록 명령하는 정도로 만족하여라. 수염이 사람에게 있어서

† 바테크 †

그렇게 꼭 필요하진 않으니까 말이야."

칼리프는 어머니의 말이 이치에 닿는다고 생각하며 수긍했고, 수석 대신인 모라카나바드를 불러 말했다. "전령들을 보내 포고를 내려라. 사마라뿐만 아니라 내 제국의 모든 도시를 통틀어 다 내려야 한다. 이리로 모여들어, 풀 길이 없어 보이는 이 문자들을 푼다면 내가 그쪽으로는 이름나 있기도 하거니와, 후한 상을 내리리라고 말이야. 하지만 시험에 실패하는 자는 마지막 털 한 올까지 수염을 모조리 태워 버릴 것이라고 전하라. 또한 이방인의 소재에 대한 정보를 가진 자에게는 키르미스 섬에서 데려온 쉰 명의 아름다운 노예들과, 역시 키르미스 섬에서 가져온 살구 단지를 있는 만큼 다 하사하겠다고 전하라."

바테크의 백성들은 그들의 군주와 마찬가지로 키르미스의 여자들과 살구에 대한 엄청난 찬미자들인지라, 이 약속에 군침을 흘렸다. 하지만 그 갈망을 온전히 채울 길은 찾지 못했는데, 이방인의 행방을 아는 사람이 아무도 없었던 탓이다.

칼리프의 또 다른 요구 조건에 대해서는 얘기가 달랐다. 학식이 몹시 깊거나, 어지간하거나, 그 어느 쪽도 아니면서 자기는 전자에 모두 상응한다는 착각에 빠진 자들이 수염을 위협받으면서까지 대담하게 나섰다. 그리고 하나같이 다 수염을 잃는 망신을 당했다.

수많은 환관을 동원하지 않을 수 없었던 이 형벌은 후궁에 사는 처첩들의 비위를 몹시 거슬렀다. 털 그을리는 냄새가 고약하기 짝이 없었기 때문이다. 그리고 이 관리들의 새로운 업무는 불가피하게 다른 사람들의 손으로 넘어갔다.

지루한 행렬이 이어진 끝에 등장한 한 노인이 있었는데, 앞섰던 그 누구보다도 수염이 한 척 반은 더 길었다. 그를 안으로 안내하던 궁의 관리들이 소곤댔다. "저런 수염을 불태우다니, 이 무슨 안타까운 일이람!" 칼리프마저도 그의 수염을 보고 그들과 의견이 다르지 않음을 인정했다. 하지만 그의 염려는 완전히 쓸데없는 것이었다. 이 지긋하고 위엄 있는 귀인은 문자들을 술술 읽어 내려갔다. 그러고는 다음과 같은 말로 설명하는 것이 아닌가. "우리는 모든 것이 훌륭하게 만들어지는 곳에서 만들어졌다. 우리는 모든 것이 훌륭한 곳의 경이 중에서 가장 저급하다. 그리고 이 세상에서 가장 권세 있는 군주의 눈에 들어야 마땅하다."

"네가 옮긴 말에 탄복을 금할 수 없구나." 바테크가 외쳤다. "나는 이 경이로운 문자들이 무슨 뜻인지 알게 되었구나. 그에게 명예의 예복을 있는 대로 다 내려라. 그리고 칼에 새겨진 말을 읊은 대가로 금화 수천 냥을 하사하라. 당혹스럽고 곤란하기 짝이 없었는데, 이제 겨우 안도감이 조금 드는구나!"

바테크는 이 늙은 인사를 식사에 초대했다. 그리고 심지어 궁에서 얼마간을 묵게 했다. 그로서는 결국 유감스럽게 되고 말 일이었지만, 그는 칼리프의 제안을 받아들였다. 칼리프는 다음 날

† 바테크 †

아침, 그를 불러들이라고 명령하고는 말했다. "이미 읽었지만 어제 읽었던 것을 다시 읽어 주게나. 그것이 내게 해준 약속은 아무리 자주 들어도 부족할 것 같군. 내 육신이 시들도록 얻고 싶어 하던 그 완벽함은 들어도 들어도 충분하지 않아."

노인은 재깍 녹색 안경을 썼는데, 안경이 그만 코에서 곧바로 내려오고 말았는데, 전날에 읽었던 문자들이 다른 의미로, 다른 단어들에게 자리를 내주고 있는 것이 아닌가.

"뭐 걸리는 거라도 있는가?" 칼리프가 물었다. "그리고 이 알 수 없는 경이의 조짐은 무엇인가?"

"세상의 군주시여," 노인이 대답했다. "이 언월도들은 어제 있었던 것과 다른 언어를 드러내고 있나이다."

"그게 무슨 말인가?" 바테크가 반문했다. "그래도 상관없어. 할 수 있다면, 무슨 뜻인지 말해 보게."

노인이 응답했다. "나의 주인이시여, 모르는 것으로 남겨 두어야 할 것을 알려고 하고, 제 힘을 넘어서는 것을 짚어지려고 애쓰는 경솔한 인간들, 필멸의 자들에게 비탄을 내려라, 이렇게 말하고 있습니다."

"그리고 네놈에게 비탄을!" 칼리프가 분개해서 외쳤다. "오늘 그대의 얇은 껍데기뿐이로구나. 내 면전에서 썩 사라져라. 수염은 반만 태우겠다. 어제 재수가 좋아 어림짐작을 잘 해낸 터로 다시 되풀이하지 않을 은혜인 줄 알아라."

그 상황에서 벗어나는 게 운 좋은 일이라고 충분히 지각한 현명한 노인은, 그토록 역겨운 진실을 폭로하는 것이 얼마나 우매한 짓인지 생각하면서 곧장 몸을 사리고는 다시는 나타나지 않았다.

하지만 바테크가 제 경솔한 행동을 후회할 만한 이유가 넘쳐난다는 것을 알게 되기까지는 그리 오래 걸리지 않았다. 아무리 봐도 제 스스로는 문자를 해독할 수 없었던 것이다. 그러면서도 쉬지 않고 뚫어져라 들여다보면서, 문자들이 날마다 바뀐다는 것만큼은 알아보게 되었다. 그리고 안된 일이지만, 그것을 설명할 지원자들은 이제 아무도 없었다. 이 난감한 임무는 그의 피를 불타오르게 했다. 그의 눈을 멀게 했으며, 그로서는 감당해 낼 재간이 없는 조급증과 쇠약을 불러왔다.

하지만 그렇게 허약해져도 종종 탑으로 발걸음을 옮기는 일만은 마다하지 않았다. 그러니까 그는 제 소망에 좀 더 구미가 맞는 내용을 별들에게 의논하러 가서 무언가를 읽어 낼 수도 있으리란 생각에 들떠 있었다. 하지만 그의 눈에 현혹된 희망, 머릿속 망상에 가려진 희망은 그의 호기심을 너무나 고약하게 자극하기 시작해서, 그는 음침하고 두터운 구름 말고는 아무것도 볼 일이 없었다. 그는 그곳에서 이루 말할 수 없이 불길한 전조를 보았다.

조바심으로 너무나 동요가 된 나머지, 바테크는 중심을 완전히 잃어버리고 말았다. 신열이 그를 움켜쥐었고, 식욕은 무너졌다. 가장 위대한 대식가들의 대열에서 빠져나와, 음주로 두각을 나타내게 되었다. 갈증이 도무지 채워질 길이 없어서, 입은 굴뚝 속처럼 괴로웠으며 쏟아부어질 각종 술을 받아들이기 위해 언제나 열려 있었다. 무엇보다도 특히 냉수가 다른 그 어떤 음료보다 그를 진정시켰다.

이 불행한 군주는 그 어떤 쾌락의 즐거움에도 소용이 없게 되고 말았으며, 다섯 가지 감각의 궁전들을 문 닫도록 명령하고 공개석상에 모습을 드러내기를 꺼리며 몸을 사렸다. 제 장엄함을 과시하기 위해서였던지, 정의를 행하기 위해서였던지 그 어느 쪽이었을 것이다. 여하튼 그는 하렘의 가장 깊숙한 곳으로 물러나 은거했다. 그가 지칠 줄 모르고 즐기는 남편이었던 만큼, 후궁들은 그의 개탄할 만한 처지에 비통함을 금치 못했다. 그러고는 그의 건강을 위해 그칠 새 없이 기도를 바치고, 그에게 쉴 새 없이 물을 가져다주었다.

그러는 동안에 아들에 대한 애정이 한정 없이 넘쳐 나는 왕비 카라티스는 흐느낌에 묶여 있는 대신, 모라카나바드 대신과 매일매일 틀어박혀 칼리프의 병을 치유하거나 경감시킬 방법을 찾아내려고 애썼다. 그들은 병이 마법 때문에 걸렸다는 확신으로, 치료 방법을 꼭 집어 줄지도 모를 마법 책들을 샅샅이 뒤지는 쪽으로 방향을 돌렸다. 그리고 마법을 행한 사람이라고 그 소름 끼치는 이방인을 지목하고, 그를 찾으려고 더는 해볼 수 없을 정도로 사방팔방을 샅샅이 뒤지게 했다.

사마라에서 몇 킬로미터 떨어지지 않은 곳에는 높은 산이 하나 있었다. 산등성이는 백리향과 나륵풀로 뒤덮여 있었으며, 정상은 평원이 너무나 유쾌한 모습으로 널따랗게 펴져 있어서, 독실한 자가 가게 될 운명의 천국처럼 여겨졌다. 평원 위에는 백 개의 들장미 덤불과 향을 내는 다른 관목들과 백 그루의 장미 나무와 재스민과 인동덩굴을 품은 정원이 있었고, 그만큼이나 많은 오렌지 나무와 삼나무와 시트론 감귤 나무숲이 있었다. 또 이 나무들의 가지는 종려나무와 석류나무, 포도나무와 뒤얽혀서는 눈과 입을 즐겁게 해줄 모든 호사를 선사했다. 땅은 제비꽃과 실잔대, 팬지로 흐드러졌고, 그 한가운데는 노랑 수선화와 히아신스, 카네이션 무더기가 대기에 숨결을 불어넣는 다른 모든 향꽃들과 함께 피어 있었다.

또 더없이 맑디맑은 네 개의 샘이 있었는데, 어찌나 물이 풍부한지, 군부대 열 개에 속한 군사들이 갈증을 족히 축이고도 남을 정도였다. 이 샘들은 이곳이 에덴동산과 더 닮아 보이게 하려는 듯 철철 흘러 넘쳤는데, 수원은 네 개의 신성한 강이었다. 나이팅게일이 장미의 탄생과 장미에 대한 지극한 사랑을 노래했고, 동시에 무상하게 지고 마는 장미의 아름다움을 구슬피 애도했다. 그러는 동안에 거북은 한층 실질적인 쾌락의 상실을 애통해했다.

이윽고 잠 못 드는 종달새가 모든 피조물을 소생시키는 빛을 뚫고 날아올랐다. 이곳은 그 어느 곳보다 갖가지로 표현되는 정열이 멜로디로 뒤섞여 영감을 불러일으켰는데, 새들이 쪼아 대는 절묘한 맛의 과일이 그들의 힘을 두 배로 불려 주는 듯했다.

바테크는 깨끗한 공기를 마시기 위해 이 산을 찾아왔고, 특히 네 개의 샘에서 물을 떠 마시려고 했다. 바테크는 이 신성한 샘이야말로 건강에 매우 좋으리라 판단했다. 그의 어머니와 후궁들, 몇몇 환관들이 이 길에 동행했다. 환관들은 커다란 수정 그릇에 바지런히 물을 채웠다. 그리고 너도나도 나서서 그에게 물을 갖다 바치느라 바빴다. 하지만 그의 갈망이 그들의 집착을 능가했으니, 심지어 땅에 꿇어앉아 제 손으로 물을 퍼올리기에 이르렀다. 그렇게 해도 그에게는 결코 충분하지 않았다.

이 불행한 군주가 이토록 지체가 땅에 떨어진 채로 오랜 시간을 보내던 어느 날, 다소 쉬었으나 강인한 목소리가 그에게 일렀다.

"오 칼리프여, 개라도 된 양 이게 무슨 짓인가? 내 그대의 기품과 힘을 얼마나 자랑스러워했던가?"

이 부름에 그는 고개를 들어 상대의 얼굴을 쳐다보았다. 자신에게 그토록 엄청난 고통을 안겨 주었던 바로 그 이방인이었다. 그를 보는 순간 분노에 찬 칼리프가 외쳤다.

"저주받을 이단자여! 여기에는 도대체 무슨 일로 왔는가? 민

첩하기 이를 데 없던 뛰어난 군주를 베두인 아랍 놈들이 사막을 가로지를 때 낙타에 다는 가죽통으로 만들어 버리고도 부족한 게 더 있더냐? 완전한 금욕에 괴멸하는 것도 모자라 과도한 음주로 내가 괴멸할지도 모른다고 생각하지 않았더냐?"

"그럼 이 음료를 마시게." 빨간색과 노란색이 든 작은 유리병을 내밀며 이방인이 말했다. "그대의 몸과 마찬가지로 영혼의 갈증을 물리치기 위한 것이다. 내가 인도 사람이란 걸 알려 주지. 하지만 인도의 전혀 알려지지 않은 지방 출신이다."

칼리프는 제 욕망이 일부나마 해소됨을 느끼고 기쁨에 젖었다. 한술 더 떠 욕망을 모두 채울 수 있다는 희망에 들떴다. 한 치의 망설임도 없이 이방인이 건네주는 약을 마셔 버렸다. 그러자 곧바로 건강이 회복되었으며 갈증이 가라앉았고, 사지에는 그 어느 때보다 생기가 감돌았다.

기뻐서 어쩔 줄 모르던 바테크는 이 끔찍한 인도인의 목을 낚아채서는 산호빛 입술, 백합 같고 장미 같은 가장 아름다운 아내들이라도 되는 듯 그의 역겨운 입술과 푹 팬 뺨에 입을 맞추었다. 그 광경을 본 후궁들은 두려움보다는 질투심에 빠졌고, 굴욕으로 붉어진 얼굴을 가리기 위해 이마 위를 덮고 있던 베일을 내렸다.

카라티스가 온갖 회유의 기술을 동원하여 아들이 느끼는 황홀경을 지그시 억누르지 않았다면, 이 장면은 여기에서 멈출 기세가 아니었다. 그녀는 그에게 사마라로 돌아갈 것을 종용하면서, 포고관 한 명을 앞장세웠고 그에게 최대한 큰 목소리로 다음과 같이 포고하라고 지시했다. "저 훌륭한 이방인이 다시 나타났다. 그가 칼리프님을 치유했다. 그가 입을 열었다! 그가 입을 열었다!"

이 거대한 도시의 모든 거주자들이 집에서 득달같이 뛰쳐나와 한자리에 우르르 몰려들어서는 바테크와 인도인의 행차를 지켜보았다. 그들은 이제, 이전에 저주했던 것만큼이나 큰 축복을 그에게 보내며 쉼 없이 외쳐 댔다. "그가 우리 군주를 치유해 주었다. 그가 입을 열었다! 그가 입을 열었다!" 이 말은 같은 날 밤에 도시 규모로 거행된 전체 축제에서도 잊히지 않고 반복적으로 열창되었다. 그것은 온 도시가 얼마만큼 기쁨에 젖었는지 증명하려는 축제였다. 시인들은 손수 노래를 지어 축제에 추임새를 넣었다.

그런 일이 벌어지는 동안, 칼리프는 다섯 가지 감각의 궁전을 다시 열라고 명령했다. 그리고 휴식을 취하기 전에 맛의 궁전으로 속히 발걸음을 옮기더니, 호화로운 향응을 열도록 명령하고 가장 뛰어난 관리들과 자신이 가장 좋아하는 특사들을 전부 초대했다. 군주 가까이에 자리를 배정받은 인도인은 그토록 유별난 특권에 대한 적절한 답례는 더 이상 많이 먹을 수도, 마실 수도, 말을 더 많이 할 수도 없는 것이라고 생각하는 듯했다. 다양한 산해진미가 마련되었지만 음식이 사라지는 속도를 따라잡지 못하니, 바테크는 살아 있는 최고의 대식가로서 굴욕감에 빠지고 화가 치밀었다. 특히나 이때는 식욕이 유별나게 솟아오르고 있었던 것이다.

무리의 나머지 사람들은 경악하며 서로를 쳐다보았으나, 인도인은 그 눈치는 아랑곳하지도 않는 듯, 몸에 좋은 음료와 술이 담긴 커다란 잔을 하나씩 벌컥벌컥 들이켜고 시끌벅적하게 노래를 불렀다. 또 여러 이야기를 들려주면서는 터무니없이 과장된 몸짓으로 웃어 젖혔으며 즉흥시를 쏟아 냈는데, 그게 또 나쁘다고 말할 수는 없었지만 그 내뱉는 말에는 기이하게 일그러진 기운이 감돌았다. 요컨대 그의 장광설은 백 명의 점성술사와 대적해도 맞수가 될 정도였다. 먹어 치우기로는 상을 백 번 갈아 치웠고, 그에 못지않을 만큼의 술을 진탕 들이마셨다.

칼리프는 상차림이 서른 번이나 바뀌었는데도 그칠 줄 모르는 이 손님의 게걸스러움에 심기가 불편했다. 이방인은 군주의 평가에서 이제 점수깨나 깎이는 판이었다. 바테크는 숨기기 힘든 분통함을 거스를 생각은 추호도 없었지만, 환관장인 바바발루크에게 조용히 속삭였다. "저자의 행동이 어느 모로나 극악하다는 건 보니까 알겠지. 내 후궁들을 손에 쥐어 주면 결과가 어떻게 되겠는가 말이야? 가거라! 두 배로 경계를 늘려라. 그리고 서카시아 여자들에게 각별히 주의를 기울여라. 그들은 나머지 전부보다 저자의 입맛에 맞을 여자들이니까."

 국정회의인 디반이 열릴 시간임이 전해졌을 때는 아침의 새가 세 번이나 노래를 새로 고쳐 부른 뒤였다. 종들에게 보답하는 의미로 참석하겠다고 약속한 바테크는 즉시 몸을 일으켜서 대신의 부축을 받으며 그곳으로 향했다. 바테크가 간밤에 마신 술로 통 몸을 가눌 수 없었던 탓에, 대신은 그를 가까스로 부축했다. 마신 술도 술이지만, 흥청망청한 손님의 어처구니없는 행패에 충격을 받아 더욱더 몸을 비틀거리는 것이었다.

 왕과 법을 받들고 관리하는 대신들이 서둘러 군주를 반원형으로 둘러쌌으며, 경배의 의미로 침묵을 지켰다. 그동안, 마치 단식을 막 마치기라도 한 것처럼 침착해 보이는 인도인은 왕의 발걸음에 경의조차 보이지 않고 그 자리에 앉아서는 키득거리며 웃었다. 그의 뻔뻔스러움에 목격자들은 치를 떨었다.

 하지만 생각이 뒤죽박죽되어 머릿속이 혼란스러웠던 칼리프는 옳고 그른 것은 그저 되는대로 돌아가게 내버려 두었다. 마침내 수석 고관이 그의 처지를 의식하면서 우왕좌왕하는 좌중을 제지하고 주인의 명예를 지켜 내기 위해 느닷없는 방책을 날렸다. 그는 군주에게 낮게 속삭였다. "별들과 의논하느라 밤을 지새우신 카라티스 왕비께서, 별들이 악의 기운에 대해 폐하께 경고하고 있다고 알리셨습니다. 그리고 위험이 임박했다고 말입니다. 당신께서 아낌없이 답례를 보내고 있는 이 이방인이 당신 목숨을 놓고 어떤 해코지도 못하도록 조심하십시오. 그 묘약, 처음에는 폐하를 효과적으로 치유해 준 듯한 그 묘약도 언제 느닷없이 독으로 작용하게 될지 모릅니다. 억측이라고 조금도 가볍게 넘길 생각은 마십시오. 적어도 음료에 무엇이 섞여 있는지 그것만이라도 저자에게 물어보십시오. 어디서 수중에 넣었는지도요. 그리고 잊으신 듯해서 드리는 말씀인데, 언월도들에 대해서도 말을 꺼내십시오."

이방인의 방자함이 시시각각으로 탐탁지 않게 커져 가고 있다고 느낀 바테크는 충고를 받아들이겠다는 동의의 눈짓을 대신에게 보냈다. 그러고는 인도인 쪽으로 곧바로 몸을 돌려 말했다. "일어나서 이 조정의 모든 사람 앞에서 내가 마신 술에 어떤 약을 탔는지 고하라. 독이 들어 있다고 의심되기 때문이다. 그리고 네가 내게 판 저 언월도들에 대해서도, 내가 열과 성을 다해 알고자 소망했던 것을 잊지 않았다는 의미로 설명을 덧붙여라. 그렇게 해서 네가 받은 푸짐한 대접에 대해 보답하라."

칼리프로서는 할 수 있는 한 최대한 온건한 어조로 이 말을 내뱉고 나서 대답을 기대하며 입을 다물고 기다렸다. 하지만 인도인은 여전히 자리를 보존하고 앉은 채로 다시 요란하게 웃음을 터뜨리기 시작했다. 그러고는 단 한마디 대꾸하려는 호의조차 보이지 않은 채 좌중에게 보여 주었던 예의 그 소름 끼치는 우거지상을 지어 보였다. 모든 이들의 발이 인도인에게 향했고 누군가의 발길이 한 차례 떨어지자마자, 인도인은 계속해서 맞기 위해 포박을 당했다.

이방인은 그들에게 이만저만 유흥거리를 제공해 주는 것이 아니었다. 그는 키가 작고 토실토실했는데, 몸을 공처럼 둥글게 말아서는 공격자들의 매가 가해지는 모든 곳으로 데굴데굴 굴러다녔다. 그들은 상상을 뛰어넘는 열성으로 그가 돌아서는 어느 곳으로나 쫓아가서 밀어붙였다. 그간에 사람들의 수는 시시각각 불어났다. 이 공이 이 방에서 저 방으로 지나다니는 동안에 가는 길마다 온갖 사람들을 뒤에 달고 다니게 되었고, 그리하여 온 궁이 혼란 속에 내팽개쳐졌다. 이내 어마어마한 소리의 아우성이 울려 퍼져 난장판이 되었다. 하렘의 여인들이 대소동에 호기심이 나고 신기하기도 해서 무슨 일인지 알아보려고 드리워진 발쪽으로 바람처럼 몰려들었다. 하지만 그 둥근 덩어리가 눈에 들어오기가 무섭게 그들은 주체할 수가 없었고, 환관들의 손아귀를 뚫고 빠져나왔다. 환관들은 피가 날 때까지 그녀들을 꼬집고 제지하려고 했지만 헛수고였다. 그녀들은 응당 받아야 할 감독을 벗어난 두려움에 몸을 부르르 떨면서도, 그 이끌림에 도저히 저항할 도리가 없었다.

인도인은 홀과 회랑, 집무실과 주방들, 궁전의 마구간들을 지나친 후에 마침내 궁정으로 향하는 길을 잡았다. 그동안에 칼리프는 나머지 사람들보다 더 바짝 따라다니며 최대한 많이 발길질을 먹여 주면서, 이따금씩 자신도 한 대씩 얻어맞는 것을 피하지 못했다. 공을 차려는 열망에 들뜬 경쟁자들이 공을 노리고 찬 발에 엉뚱하게도 그가 맞은 것이었다.

공이 된 인도인에게 끌려가지 않을 만큼은 현명했던 카라티스와 모라카나바드와 두세 명의 늙은 고관 대신은 바테크가 백성들에게 노출되는 것을 막고자, 추격을 방해하려고 그가 가는 길에 드러누웠다. 하지만 그는 방해에도 아랑곳하지 않고 그들의 머리를 건너뛰어 여전히 가던 길을 계속 갔다. 그래서 그들은 기도를 위해 사람들을 모으라고 무에진*들에게 명령을 내렸다. 그들은 인도인을 따르는 길에서 사람들을 빼내기 위해, 그리고 대재난을 피하기 위한 탄원을 실현시키려고 했다. 이 치명적인 공 덩어리를 보는 것만으로도 사람들이 그 뒤를 따르기에 충분했던 것이다. 무에진들 자신도 멀찍감치서 그 광경을 보았는데도 첨탑에서 부리나케 달려 내려와 군중 틈에 뒤섞였다. 군중은 어찌나 놀랍게도 멈추지 않고 불어나는지, 사마라에는 사람이 거의 남지 않게 되었다. 늙고 병들어 침상에 매어 있는 노인들이나 젖을 빠는 갓난아기들만 남게 되었는데, 아기들을 돌보는 사람들은 아기들이 없으니 한층 날쌔게 달릴 수 있었다. 점입가경으로, 카라티스와 모라카나바드 그리고 나머지도 모조리 무리의

❖ 이슬람교 사원의 탑에서 기도 시간을 알리는 일을 하는 사람.

일원이 되고 말았다.

집을 박차고 나왔다가 발 디딜 틈 없는 군중 사이에서 압박에 시달리고, 뒤에서는 환관들이 밀치락달치락 해대는 통에 꼼짝없이 몸이 끼어 버린 여자들의 새된 비명소리가 울려 퍼졌다. 여자들은 목표물이 시야에서 사라지지나 않을까 조바심을 쳤고, 앞으로 재촉해 대는 남편들의 욕설은 늘어만 갔다. 그들은 발길질을 주고받으며 얼러 댔고, 발걸음을 옮길 때마다 비틀거리고 엎어지기를 반복했다. 요컨대 혼란이 어찌나 두루두루 덮쳤는지, 사마라는 폭풍에 사로잡히고 순전한 약탈에 열을 올리게 되었다.

여전히 몸을 돌돌 말고 있던 저주받은 인도인이 도시의 모든 거리와 공공장소를 거쳐 그곳을 텅 비게 만든 후에 마침내 카툴 평원 쪽으로 굴러가기 시작하면서, 네 개의 샘이 있는 산기슭의 계곡을 가로질렀다.

계곡에는 끊임없이 떨어져 내린 물로 거대한 구멍이 뚫려 있었는데, 그 반대편은 가파른 오르막길과 인접해 있었다. 칼리프와 일행은 그의 몸뚱이가 협곡으로 툭 떨어질까 봐 안절부절못하면서 그 사단을 막기 위해 곱절로 공을 들였으나 허사였다. 인도인은 굴하지 않고 가던 길을 갔고, 염려대로 벼랑 위를 빛과 같은 속도로 얼핏 비치는가 싶더니, 아래 협곡으로 사라져 버렸다.

바테크는 어떤 보이지 않는 힘이 가로막지 않았다면, 그 부정한 이단자의 뒤를 따랐을 터였다. 그의 뒤를 압박하던 무리도 같은 식으로 저지당했고, 곧바로 평온이 뒤따랐다. 그들은 모두 아연실색하여 서로를 쳐다보았다. 베일과 터번이 벗겨져 없어지고 예복마저 다 찢어졌으며 먼지와 땀으로 범벅되어 세상없이 웃음이 터질 광경을 연출하고 있었는데도, 누구의 얼굴에도 미소 한 점 떠오르지 않았다. 그렇기는커녕 하나같이 혼란스럽고 슬픈 듯한 모습으로 입을 다문 채 사마라로 되돌아와 집 안 가장 깊숙한 곳으로 몸을 숨겨 버렸다. 보이지 않는 힘에 의해 터무니없는 짓을 하도록 내몰렸다는 반성은 전혀 하지도 않고 말이다. 사람들은 자신을 탓했다. 왜냐하면 너무나 자주, 장점으로써가 아니라 도구로써 자신의 가치를 깎아내리는 바로 그들이야말로 막지 못했던 어리석은 행동을 제 탓으로 돌리기 때문이다.

칼리프만이 유일하게 계곡을 떠나지 않겠다며 남아서 버텼다. 그는 그곳에 막사를 세우도록 명령했고, 절벽 가장 가까운 언저리에 진을 치고 앉았다. 어머니 카라티스와 모라카나바드가 그 언저리 아래로 난 길이 위험하며, 그를 그토록 가혹하게 괴롭혔던 마법사와 얼마나 가까운 곳에 있는지를 지적하며 진정을 보내도 소용이 없었다. 바테크는 그들의 타이름을 비웃음으로 싹 물리쳤다. 그리고 천 개의 횃불을 밝히라고 명령을 내렸다. 그리고도 수행원들에게 불을 더 붙이라고 지시하면서 미끌미끌한 절벽 아래를 비추게 했다. 그리고 인공 광채의 도움으로 어두운 아래쪽을 들여다보려고 애썼다. 천공의 모든 불을 밝혀도 비추기에 모자라는 어둠이 그 아래 도사리고 있었다. 한동안 그는 저 깊은 협곡에서 솟아오르는 목소리가 들린다는 환상에 빠졌다. 인도인의 말씨가 들리는 듯도 했다. 하지만 그것은 전부 물의 공허한 웅얼거림에 지나지 않았다. 깎아지른 듯한 산등성이에서 쏟아져 내리는 폭포의 굉음이 울려 댔다.

칼리프는 이 무자비한 소요 속에서 밤을 보낸 뒤, 동틀 녘에 막사로 물러났고, 최소한의 음식물도 섭취하지 않은 채 그곳에서 저녁 어스름이 다시 찾아올 때까지 꾸벅꾸벅 졸기만 했다. 그리고는 전날과 다름없이 야간 경계를 재개했으며, 많은 밤을 모아 주의를 게을리하지 않으며 경계 태세를 고수했다. 지루한 나날이 이어지던 끝에, 사역에 어떠한 성과도 없는 것에 고단해진 그는 변화를 도모함으로써 위안을 구하려고 했다. 그는 목적을 달성하기 위해 평원을 초조하게, 허우적허우적 걸어 다녔으며, 별들을 사납게 올려다보며 자신이 속아 넘어간 데 대한 책임을 물으며 질타를 퍼부었다.

하지만 저런! 쾌청한 하늘이 돌연 피가 흐르는 강물처럼 물들어가는 모습이 보이는 것이 아닌가. 그것은 골짜기로부터 다가와 심지어는 사마라 시에까지 미쳤다. 이 무시무시한 현상이 자신의 탑까지 마수를 뻗치는 듯 보이자, 바테크에게 맨 먼저 떠오른 생각은 그곳으로 가서 좀 더 분명하게 그 광경을 보는 것이었다. 하지만 발걸음을 떼어 놓을 수 없을 것 같은 느낌에 빠졌고, 걱정에 그만 무력해져서 옷 안으로 얼굴을 파묻어 버렸다.

 이 불가사의한 현상은 무시무시하기는 했지만, 순간적인 인상만 남겼고, 그 인상은 오히려 경이에 대한 그의 사랑에 불을 지핀 셈이 되었다. 그리하여 그는 궁으로 돌아가는 대신에, 눈앞에서 인도인이 사라진 그곳에 머물겠다는 결의를 굽히지 않았다. 하지만 어느 날 밤인가에, 평소대로 평원 위를 걷고 있는데, 달과 별들에 일제히 식蝕이 일어났다. 그리고 칠흑, 완벽한 암흑이 뒤따랐다. 땅이 그의 발밑에서 몸을 떨었다. 그리고 한 목소리가, 불신자의 목소리가 흘러나와 퍼졌다. 천둥보다 더 당당한 말투로 그가 바테크에게 고했다. "그대는 그대 자신을 내게 헌신하겠는가? 그렇다면 속세의 힘을 숭배하라. 그리고 마호메트를 저버려라. 이 단서를 실행하면, 내 그대를 불이 타고 있는 지하궁에 데려다 주리라. 그곳에서 행성들이 그대에게 약속한 보물들을 채운 헤아릴 수 없는 보고를 보게 될 것이다. 그 궁전은 그대에게 길조를 안겨다 줄 영들에게 수여받은 것이니라. 그러니까 언월도들을 가져온 것도 그곳에서이다. 그리고 세상을 쥐락펴락하는 부적들에 둘러싸여 솔리만 벤 다우드가 쉬고 있는 곳도 바로 그곳이다."

 소스라치게 놀란 칼리프는 대답을 하는 동안 몸을 부들부들 떨면서도, 초자연적인 모험에 대해서는 자기도 일가견이 있다는 태도를 짐짓 보였다. "그대는 어디 있는가? 내 눈앞에 모습을 보여라. 그리고 나를 당혹케 했던 저 암흑을 가시게 하라. 그것은 그대가 원인이 되어 일어난 일이라고 여겨진다. 그대를 찾아내기 위해 많은 횃불을 태우고 난 터이니, 그대는 적어도 그 끔찍한 면상 정도는 당연히 비춰야 하리라."

"그러자면 마호메트를 저버리라고 하는데도." 인도인이 대꾸했다. "그리고 그대의 진심을 보여 줄 완벽한 증거를 약속하라. 그렇지 않으면 나를 다시는 볼 일이 없을 터이다."

불행에 빠진 이 칼리프는 호기심에 이끌려 한껏 통 크게 호기를 부리며 약속했다. 하늘이 그 자리에서 밝아졌다. 거의 불타오르기라도 하는 듯한 행성들의 빛에, 바테크는 땅이 열리는 것을 볼 수 있었다. 그리고 광막하고 컴컴한 틈 안의 선단에, 흑단으로 된 입구, 그 앞에 인도인이 서 있었다. 심지어 더 컴컴한 그곳에서 손에 황금 열쇠를 들고 서 있는 인도인이 보였다. 열쇠가 부딪치는 바람에 자물쇠에서 요란하게 찰그랑거리는 소리가 울려 퍼졌다.

바테크가 외쳤다. "어찌 해야 목이 부러지지 않고 그대에게 내려갈 수 있겠는가? 와서 나를 데려가라. 얼른 입구를 열어라."

인도인이 대꾸했다. "그렇게 서두를 일이 아니다. 성급한 칼리프여! 내가 갈증에 입이 바싹바싹 마르고 있다는 걸 알란 말이다. 이 갈증이 완전히 가라앉기 전에는 문을 열 수가 없다. 이에 그대의 고관대작과 훌륭한 수하의 아들 쉰 명을 모아 그들에게

서 피를 받아 주기를 요구하노라. 안 그러면 내 갈증도, 그대의 호기심도 충족되지 못할 것이다. 사마라로 돌아가서 내게 반드시 필요한 그 음료를 조달해 오라. 돌아와서 이 갈라진 틈으로 던져라. 그리하면 그대, 보게 될 것이니!"

인도인은 이렇게 말하고 나서, 마귀들의 제안에 잔뜩 고무되어 그 무시무시한 희생을 실행에 옮기기로 굳게 마음먹은 칼리프에게서 등을 돌려 사라졌다. 칼리프는 이제 평정을 되찾은 듯이 굴면서, 그를 여전히 사랑하는 백성들의 환호성에 둘러싸여 사마라를 향해 길을 나섰다. 그리고 자기가 이성을 되찾았다고 백성들이 믿고 있을 때 음흉한 기쁨에 달뜨지 않도록 조심했다. 그가 제 가슴속의 감정을 너무나 감쪽같이 감춘 나머지, 카라티스와 모라카나바드조차 다른 사람들과 함께 똑같이 속아 넘어갔다. 이윽고 축제와 환성의 소리 말고는 어떤 소리도 들리지 않았다. 여태까지 누구도 입 밖에 낼 염두조차 하지 않았던 그 공 덩어리에 관한 이야기가 다시 토론 주제로 떠올랐다. 그토록 기억에 길이 남을 모험에서 얻은 상처가 욱신거려 여전히 의사에게 치료받는 많은 사람들은 즐겁게 법석을 떨 이유가 없긴 했지만, 그럼에도 모든 사람들이 웃어 젖혔다.

즐거움이 이토록 도처에 깔리다니, 바테크로서는 여간 감사한 일이 아니었다. 그런 분위기가 그의 계획에 얼마나 도움이 될지 생각하면 말이다. 그는 모든 사람에게 싹싹한 기색으로 대했는데, 특히 조정의 대신과 고관대작들에게는 더욱 그랬다. 그는 호사스러운 연회로 그들을 대접했다. 그는 연회가 열리는 동안에 누가 알아챌 겨를도 없게 대화를 손님들의 자식들에 관한 내용으로 유도했다. 바테크가 사람 좋은 듯한 분위기를 풍기며 누가 가장 잘생긴 아들들로 축복을 받았는지 질문을 던졌을 때, 모든 아버지가 일제히 제 아들이라며 주장하고 나섰다. 그리고 경쟁은 부지불식간에 너무나 달아올라서, 그 자리에 있던 칼리프에 대한 진심 어린 깊은 경외심이 없었다면, 하마터면 주먹다짐으로까지 번질 뻔했다. 그리하여 분쟁을 중재한다는 구실로, 바테크는 손수 결정을 내리겠다고 나섰다. 이에 따라 소년들을 불러 모으라는 명령이 떨어졌다.

그로부터 얼마 지나지 않아 이 가련한 아이들의 무리가 모습을 드러냈다. 그들은 하나같이 끔찍한 사랑을 퍼붓는 어머니들을 대동했고, 그들의 아름다움을 최대한 부각시켜 주거나 나이에 걸맞은 우아함을 제대로 한껏 보여 줄 온갖 치장을 하고 있었다. 하지만 이 근사한 무리가 좌중의 눈과 가슴을 사로잡고 있는 동안에, 칼리프는 관심을 가장한 채 사악하기 이를 데 없는 갈망으로 하나씩 번갈아 가며 소년들을 면밀히 관찰하고, 저 이단자가 선호할 만한 소년 쉰 명을 판단해서 골라냈다.

그는 전과 다름없이 친절한 모습으로, 자신이 총애하는 그 어린 소년들을 즐겁게 해주자는 의미에서 평원에 가서 축제를 베풀겠노라 제안했다. 그는 자신의 건강 회복보다도 그들이 즐기는 편이 한층 더 중요하다고 말하며, 모두 그들을 위해 하는 일이라고 말했다.

칼리프의 제안은 더없는 환희와 함께 받아들여졌고, 사마라 전체에 알려졌다. 사람들이 가마와 낙타, 말 들을 준비했다. 여자들과 아이들, 노인들과 젊은이들, 모든 사람이 각자 고른 위치에 가서 대기했다. 행렬이 앞으로 움직이기 시작했고, 도시와 그 관내의 모든 과자 장수들도 동참했다. 걸어서 따르는 백성들은 어마어마한 군중을 이루었고, 이만저만 소란스러울 수가 없었다. 모든 것이 그저 즐거웠다. 그리고 그 누구도 지금 이토록 쾌활하게 지나치고 있는 길을, 지난번에는 대부분이 얼마나 괴로워하며 지나쳤는지 떠올리지 않았다.

저녁은 잔잔하니 평온했고, 공기는 상쾌했다. 하늘은 맑았고 꽃들이 향기를 토해 냈다. 기울어가는 태양 빛이 부드러운 장관을 이루며 산 정상에 머무는 동안에 초록빛 내리막길과 그 위에서 노닥거리는 하얀 양떼 위로 불그스레한 빛을 뿌려 놓았다. 네 개의 샘이 뱉어 내는 웅얼거림과 각자 다른 고지에서 서로를 부르는 양치기들의 목소리와 갈대피리 소리 빼고는 아무 소리도 들리지 않았다. 제물로 바쳐질 운명을 향해 나아가는 사랑스럽고 무고한 소년들도 이 장면의 환희에 적지 않은 기여를 하고 있었다. 그들은 한껏 명랑해져서 평원으로 향했고, 어떤 아이들은 나비를 쫓고, 또 다른 아이들은 꽃을 따거나 눈에 띄는 반짝이는 조약돌을 집어 들기도 했다. 이따금씩 그들은 술래잡기 하듯이 서로에게서 재빠르게 몸을 빼서 달아났다.

가장 밑바닥에 흑단 문이 있는 무시무시한 협곡이 멀찌감치 모습을 드러내기 시작했다. 그것은 평원을 가르는 검은 줄기처럼 보였다. 모라카나바드와 그의 동료들이 칼리프가 지시한 대로 그곳에 조치를 약간 취해 둔 후였다. 그들은 칼리프의 지시가 썩 내키지 않았다. 그 협곡에 지워진 운명에 대해 그들은 거의 아무것도 예측할 수 없었다.

사람들이 제 속셈을 거의 알아차리지 않을까 두려웠던 바테크가 행렬을 중지시켰다. 그리고 저 골치 아픈 협곡에서 어느 정도 떨어져 원형으로 둘러서라고 명령했다. 환관들의 경호원이 따로 떨어져 나와 이 경기에 의도된 소년들이 누구누구인지 가늠했다. 쉰 명의 경쟁자들이 곧 열 지어 섰고, 섬세한 팔다리가 나긋하고 우아한 자태를 뽐냈다. 그들의 눈은 기쁨으로 반짝반짝 빛났고, 거기에 반응해 그들을 끔찍이 여기는 부모들의 눈도 반짝였다. 모든 사람들이 가슴에 가장 와닿는 후보자에게 행운을 빌어 주면서 그 아이들이 승리를 거두리라 확신했다. 숨 막히는 긴장감이 이 사랑스럽고 천진한 희생자들의 경합을 기다리고 있었다.

군중에게서 벗어날 순간만을 기다리고 있던 칼리프가 협곡을 향해 걸음을 옮겼고, 그곳에서 오싹한 기운에 사로잡혀 인도인의 목소리를 들었다. 인도인은 이를 악문 소리로 몸이 달아 물었다. "어디 있는가? 그들이 어디에 있는가? 내가 얼마나 침을 흘리고 있는지 알아채지 못한단 말인가?

"무정한 이단자여!" 감정이 격해진 바테크가 대답했다. "이 사랑스러운 희생자들의 살육 말고는 아무것도 그대를 만족시킬 수 없단 말인가! 아! 그들의 아름다움을 목도한다면 그대의 측은지심도 분명 움직일 텐데."

"측은지심은 지옥에나 가져다줘 버리라지, 징징거리지 말란 말이다!" 인도인이 외쳤다. "그들을 내게 달라, 지금 당장 줘. 안 그러면 나의 문은 그대를 향해 영원히 닫혀 버릴 것이다!"

"그렇게 큰 소리 내지 말게." 칼리프가 얼굴이 벌게져서 대답했다.

"그대를 이해하겠다." 악귀의 비열한 미소를 지으며 이단자가 말했다. "마음을 더 단단히 하고 싶어 하는 심정 모르는 바 아니라는 말이다. 내 잠시 가만있어 주지."

이 뼈아픈 대화가 오가는 동안에 경기는 한껏 활기를 띠며 진행되었고, 황혼이 산을 뒤덮기 시작할 무렵에 마침내 결관이 났다. 여전히 협곡 가장자리에 서 있던 바테크가 온 권세를 담아 큰 소리로 외쳤다. "내가 총애하는 쉰 명의 어여쁜 아이들을 내 앞에 하나씩 나서게 하라. 잘한 정도에 따라 순서대로 들라 하

라. 1등을 차지한 소년에게는 내 다이아몬드 팔찌를 주고, 2등에게는 에메랄드 목걸이를, 3등에게는 루비 장식을, 4등에게는 토파즈 장식 허리띠를, 그리고 나머지에게는 내 의복의 한 부분씩을 떼어 주겠다. 심지어 내 신발까지 주겠노라."

이 선언은 그칠 줄 모르는 환호성을 몰고 왔다. 이토록 백성들을 즐겁게 하고, 더불어 자라나는 세대를 격려하기 위해 제 옷을 벗으려는 군주에게 사람들은 일제히 찬사를 보냈다.

사람들이 그러는 동안에 칼리프는 몸을 치장한 몸붙이들을 차례차례 벗은 후에 있는 힘껏 들어올려 허공에서 빛을 발하게 했다.

하지만 받으려고 덥석 달려드는 아이에게 한 손으로는 상을 주면서, 다른 손은 그 가엾고 아무 죄 없는 아이를 골짜기로 밀어 넣었다. 그곳에서는 이단자가 음산한 목소리로 끊임없이 중얼거렸다. "더! 더!"

이 무시무시한 계략은 너무나 교묘하고 빈틈없이 실행되어서, 바테크 앞에 다가가는 다음 소년은 앞선 소년이 당한 운명에 대해 전혀 눈치채지 못했다. 구경꾼들도 마찬가지여서, 저녁 어스름에다 거리까지 멀어 어떤 물체도 뚜렷이 분간할 수가 없었다. 바테크는 이런 식으로 나머지 소년들을 던져 넣고, 그들을 받은 이단자가 열쇠를 쥐어 주기만을 바라며 솔리만만큼 위대해진 자신을 내처 공상하고 있었다. 그러니 그가 이토록 열심히 임무를 완수했는데, 결과가 그 모양이었으니 분노를 면하지 못할 일이었다. 그가 완전한 즐거움에 빠져 있을 때 갑자기 평원의 벌어진 틈이 닫히고, 주변이 온전한 평원의 모습을 되찾았을 때 그의 분노가 어디까지 미쳤겠는가.

그의 분노와 낙담은 그 어떤 언어로도 표현할 수 없었다. 그는 인도인의 배반을 저주했으며, 가장 입에 담기 힘든 지독한 악담을 퍼부었고, 결의가 그의 귀에 들리게라도 하려는 듯 발을 굴렀다. 그는 이 짓을 기력이 다 빠질 때까지 되풀이하다가, 정신을 놓은 듯이 공허하게 땅 위로 무너져 내렸다. 다른 사람들보다 바테크와 가까이 있었던 대신과 고관들은 처음에는 그가 잔디에 앉아 사랑스러운 아이들과 노닥거리는 줄로 알았다. 하지만 점점 의구심이 들어 마침내 그곳으로 다가갔고, 뭐 하러 왔느냐고 거칠게 쏘아붙이는 바테크, 홀로 있는 바테크를 발견했다.

"우리 아이들! 우리 아이들!" 그들은 외쳤다.

"이 사고에 대한 책임을 내게 뒤집어씌우면 확실히 유쾌하기야 하겠군." 그가 말했다. "그대들의 아이들은 놀다가 아까 여기 있던 벼랑 아래로 떨어졌어. 황급히 물러서지 않았다면, 나도 그 아이들과 같은 운명을 겪었을 거네."

그가 뱉은 말에 소년들의 아버지들은 소리 높여 울부짖었고, 어머니들은 그보다 한 옥타브 높은 소리로 절규를 반복했다. 그 동안에 나머지 사람들은 이유도 모른 채 오히려 더 크게 비탄의 목소리를 냈다.

"우리의 칼리프께서," — 말은 곧 돌고 돌았으니 — "우리의 칼리프가 가증스러운 이단자의 배를 채워 주기 위해서 속임수로 우리를 농락했다. 우리 손으로 그의 배신을 벌하자! 우리 스스로 나서서 보복하자! 그 죄 없는 피에 대한 보복을 가하자! 저 가까이 있는 골짜기로 이 무자비한 군주를 던져 버리고, 다시는 그의 이름을 입에 올리지 말지어다!"

이 소문과 소요에 카라티스는 경악하며 모라카나바드에게 서둘러 가서 말했다. "대신, 그대도 아름다운 아들 둘을 잃었구려. 그러니 모든 아버지들 중에서도 가장 괴로운 심정일 게요. 그러나 그대는 덕이 가득한 사람, 그대의 주군을 구해야 하오."

"저는 모든 위험에 과단하게 맞설 것입니다." 대신이 대꾸했다. "현재 처한 위험에서는 그분을 구해 내겠습니다. 그러나 그 후에는 그분을 운명에 내맡길 것입니다." 그가 계속 말을 이었다. "바바발루크, 앞에 나서서 환관들을 지휘하라. 폭도들을 흩어놓아라. 그리고 할 수 있다면 이 불행한 군주를 궁으로 모셔 가라." 바바발루크와 그의 동료들은 자기들은 자식을 가질 일이 없다는 사실에 대해 낮은 목소리로 서로 축하 인사를 건네며 명령에 따랐다. 모라카나바드는 그들이 최고의 힘을 발휘하도록 있는 힘껏 도왔으며, 바테크를 돕겠다는 관대한 계획을 마침내 완수했다. 그리고 단언한 대로 제자리에서 물러나 서서히 비탄에 빠져들었다.

　카라티스는 칼리프가 궁에 다시 들어가기가 무섭게 문을 단단히 걸어 잠그라고 일렀다. 그럼에도 소동이 난폭하게 번질 소지가 있다는 생각에, 그리고 바테크를 저주하는 소리가 도시 곳곳에 울려 퍼지고 있다는 소식을 듣고 아들에게 말했다. "백성들이 옳건 그르건 간에, 너로서는 안전을 도모하는 것이 마땅하다. 네 전용 처소로 몸을 숨기는 게 좋겠다. 그곳에서부터 우리만 아는 지하 통로를 통해 너의 그 탑으로 갈 거다. 거기를 절대로 떠나지 않을 벙어리들의 도움으로 어찌 버텨 볼 수 있을 것이다. 우리가 여전히 궁에 있을 걸로 생각할 바바발루크는 제 몸을 건사하기 위해서라도 궁에 이르는 길을 지킬 것이다. 그러면 통곡이나 하느라 정신을 놓아 버린 모라카나바드의 조언 따위 없이도 어떤 방편을 취하면 가장 좋을지 곧 알아낼 게야."

　바테크는 마지못해 하기는 했지만 군소리 없이 어머니의 제안을 받아들였고, 가는 동안 계속 되뇌었다. "극악무도한 이단자여! 어디에 있는가! 그 가련한 아이들을 아직 집어삼켜 버리지 않았단 말인가? 너의 언월도들은 어디에 있는가? 황금 열쇠는 어디에 있는가? 부적들은 어디에 있는가?"

　카라티스는 이 질문들로부터 진상을 일부 보고는 어찌 된 사정인지 온전히 파악하고 말았다. 그가 탑에 도착해 약간 침착함을 되찾고 나자 생긴 일이었다. 이 왕비는 자신이 여자로서 사악해질 수 있을 만큼 사악하다는 가책은 아랑곳하지 않는 사람이었고, 그것은 모든 경쟁에서 우월함을 뽐내는 성性에게는 뜻하는 것이 적지 않았다. 그러기에 칼리프가 읊조린 말은 어머니에게 두려움도 놀라움도 불러일으키지 않았다. 그녀는 그 이단자가 했다는 약속에서 아무런 감정도 느끼지 못했다. 그녀는 아들에게 말했다. "꼭 털어놓아야겠다만, 이 이단자는 피에 굶주린 입맛을 가졌구나. 하지만 속세의 신이란 언제나 무시무시한 법이다. 그럼에도 불구하고 약속을 받은 만큼, 그리고 다른 사람들이 베푼 것으로 보아, 그는 언젠가 충분한 배상을 할지도 모른다. 어떤 범죄가 그런 보상을 받을 만큼 소중할 수 있겠니! 그러니 인도인을 욕할 생각일랑 마라. 너는 그가 내린 임무가 수반하는 조건을 다 채우지 못했다. 가령 지하의 정령 지니가 요구한 것이 제물 아니냐? 그리고 이 소요가 가라앉자마자 준비해야 할 것이 그 제물 아니냐? 내가 몸소 나서서 그 일을 해내겠다. 너의 재보들을 수단 삼아 성공하리란 걸 추호도 의심하지 않는다. 또 다른 보물들이 너무나 많이 비축되어 있는 만큼, 걱정 붙들어 매고 네 재보는 다 써버려도 된다."

설득의 기술에서는 신기에 가까운 솜씨를 가진 왕비는 이에 따라 지하 통로를 지나 곧바로 궁으로 되돌아갔다. 그리고 궁의 창문으로 백성에게 모습을 보이고는 여왕다운 온갖 기교로 열변을 토하기 시작했다. 그동안 바바발루크는 군중 한복판에다가

양손으로 돈을 쏟아부었고, 이 만병통치 요법으로 백성은 곧 진정되었다. 모든 사람들이 집으로 돌아갔고 카라티스는 탑으로 되돌아왔다.

바테크와 카라티스가 계단을 올라 탑 정상에 다다른 후 얼마가 흐르자 새벽이 왔고 기도를 알리는 소리가 울려 퍼졌다. 날씨는 잔뜩 흐렸고 공기는 축축했다. 머리 위를 뒤덮은 어둑함은 그들의 음험한 의도와 짝을 이루었다. 하지만 태양이 구름을 뚫고 나오기 시작했을 때, 그들은 천개를 걷으라고 명령했다. 햇빛의 침입을 가리려고 둘러 둔 천개였다. 고단함에서 벗어난 칼리프는 휴식을 취하며 원기가 회복되기를 바랐고, 동시에 선잠을 청하는 사이에 의미심장한 꿈을 꾸게 되기를 바랐던 터였다. 한편 피로라는 것을 모르는 카라티스는 다가오는 밤의 공물을 위해 필요하다고 생각되는 것은 죄다 준비해 두려고 자기가 부리는 벙어리들을 거느리고 탑을 내려갔다.

자신과 아들밖에 모르는 비밀의 계단 옆을 통해, 그녀는 우선 미라들이 보관되어 있는 신비로운 벽감으로 향했다. 고대 파라오들의 지하 묘지에서 가져온 미라들이었다. 그녀는 그중 몇몇 개를 들어올리라고 명령했다. 그녀는 그곳으로부터 좁고 기다란 방으로 갔다. 벙어리에 오른쪽 눈이 먼 쉰 명의 흑인 여자들이 감시하는 가운데 가장 독한 독을 가진 뱀들과 코뿔소의 뿔들, 인도의 내륙 깊숙한 어디선가에서 얻어온 묘하고도 강렬한 냄새를 풍기는 나무가 보존되어 있었다. 수천 개의 끔찍하고도 진귀한 물건들이 이에 합세했다. 그것은 말하자면 카라티스 자신에게는 선물과 같은 의미로 꾸려져 온 소장품으로서, 열렬히 애착을 품고 있었다. 또 그 취향이 그녀로서도 전혀 낯설 것이 없는 황천 불의 힘들과 언젠가는 영교靈交를 즐기리라는 의지를 보여 주는 전시품이었다.

전율을 불러일으키는 그 공포스러운 장면을 눈에 익히기 위해, 왕비는 흑인 여자들 사이에 계속 끼어 있었다. 여자들은 하나밖에 없는 눈을 가늘게 뜨고 더할 나위 없이 상냥한 표정을 지었다. 그러고는 카라티스가 장롱에서 끄집어낸 뇌와 해골들을 황홀한 즐거움에 빠져 바라보았다. 왕비는 장롱들의 열쇠를 누구에게도 맡기지 않았다. 그러자 여자들이 너나 할 것 없이 얼굴을 찌푸리고서 소름 끼치고도 알 수 없는 말을 웅얼거렸지만, 왕비는 너무나 즐겁기만 했다. 물론 그들이 뿜어 대는 숨의 위력에 질식하기 전까지의 일이다. 그러다가 왕비는 깍깍 지껄여 대는 소리에 섬뜩 놀라고, 마침내 그 위력에 내몰린 나머지, 일부만 챙기고는 단념하고 회랑을 떠나야 했다.

왕비가 이런 일에 정신이 팔린 가운데, 칼리프는 기대했던 공상 대신에 비현실적일 만큼 게걸스러운 식욕에 사로잡혔는데 흑인 여자들을 보자 몸이 더 달았다. 그들이 귀머거리라는 사실은 완전히 잊은 채로, 그는 조바심을 치며 음식을 달라고 다그쳐 댔다. 그리고 그의 요구에 아랑곳하지 않는 그들을 찰싹찰싹 내리치고 쥐어뜯고 밀치기 시작했다. 카라티스가 와서야 이 꼴사나운 장면이 막을 내렸다. 이 비천한 피조물들은 크게 흡족해했다. 카라티스가 데려온 그녀들은 왕비의 모든 신호를 이해하고 같은 방식으로 자신들의 생각을 표현하며 서로 의사소통을 했다.

"아들아! 이게 다 무슨 일이냐?" 그녀가 숨을 몰아쉬며 말했다. "올라오다 보니 동굴 벽감의 보금자리에서 떨어져 나온 박쥐 수천 마리가 지르는 새된 비명이 들리더구나. 그런데 알고 보니 이 가련한 벙어리들이 내는 비명이었다니. 네가 그토록 무자비하게 괴롭힌 것이 이 아이들이었단 말이다. 사실을 말해 줄까? 너에게는 내가 가져온 이 훌륭한 음식을 먹을 자격이 없다."

"당장 주세요." 잔뜩 흥분한 칼리프가 외쳤다. "허기에 쓰러져 죽을 지경이 됐단 말입니다!"

"그게 말인데," 그녀가 대답했다. "내가 준비해 온 것을 소화시키려거든 아주 뛰어난 위를 가지고 있어야 할 게다."

"얼른이요." 칼리프가 응대했다. "하지만, 오 하늘이시여! 이 끔찍한 기분이라니! 무슨 일을 꾸미고 계십니까?"

"오너라, 오너라." 카라티스가 대꾸했다. "괜히 뺄 것 없다. 나를 도와 모든 것이 제대로 되도록 꾸며야지. 그러면 네가 그토록 넌더리를 내며 거부한 것이 너의 지복을 완성시켜 줄 것임을 알게 될 거야. 이 밤을 위한 제물을 쌓아올릴 준비를 하자꾸나.

그리고 그것을 해내기 전까지는 음식은 입에 댈 생각도 하지 마라. 그 모든 신성한 의식에 엄격한 금욕이 선행되어야 한다는 걸 모르지는 않겠지?"

바테크는 감히 반대할 엄두를 못 내고 한탄과, 자신의 내장마저 황폐하게 쓸고 가버린 바람에 몸을 내맡겼다. 그동안 그의 어머니는 필요한 작업을 계속 해나갔다. 뱀의 독 기름을 담은 유리병과 미라들, 뼈 더미가 탑의 난간에 순서대로 차곡차곡 쌓여 갔다. 더미는 점점 높아지기 시작하여 세 시간이 지나자 높이가 수 미터에 이르렀다. 기다란 어둠이 다가올 무렵에 옷을 벗고 가장 깊숙이 숨겨 둔 의복으로 갈아입은 카라티스는 도취에 빠져 손뼉을 치고 온 힘을 다해 불을 붙였다. 벙어리들도 그녀의 본을 받아 따라 했다. 그러나 배고픔과 조바심에 녹초가 된 바테크는 제 몸조차 가눌 수가 없어서 졸도하고 말았다. 불똥이 진작에 마른 나무에 옮겨붙었던 터였고, 독 품은 기름이 천 개의 푸른 불꽃으로 타오르고 있었으며, 미라들은 회갈색으로 두텁게 증발하는 기체에 녹아 버렸다. 코뿔소의 뿔들이 불을 탐식하는 데 열중하기 시작하고, 그 모두가 합쳐져 형언할 수 없이 고약한 냄새를 뿜어냈다. 그 바람에 의식을 회복한 칼리프는 비몽사몽간에 지금 벌어지고 있는 일을 느끼고 주변을 온통 둘러싼 불길을 우두커니 바라보았다. 기름이 절정의 봇물을 이루며 분출되었다. 그리고 끊임없이 기름을 붓던 흑인 여자들은 왕비의 외침에 자신들의 외침을 온전히 합쳤다. 마지막에 가서는 화염이 걷잡을 수 없어지고 광택 낸 대리석에 일렁이는 불꽃이 너무나 어지러운 나머지, 열기와 불길을 더 이상 버텨 낼 재간이 없었던 칼리프는 탈출을 감행하여 제국의 깃대에 기어올랐다.

한편 도시 위를 밝히고 있는 불빛에 겁을 집어먹은 사마라의 주민들은 황급히 몸을 일으켜 지붕으로 올라가서는 불타오르는 탑을 목격했다. 그들은 옷도 입는 둥 마는 둥 광장으로 서둘러 모여들었다. 군주에 대한 그들의 사랑이 즉각적으로 다시 눈을 떴다. 탑에서 죽을 위험에 처한 그를 걱정하면서, 그들의 생각은 온통 그의 안위를 위할 수단으로 가득 차게 되었다. 모라카나바드가 은신처로부터 날듯이 와 눈물을 훔치면서 나머지 사람들처럼 물을 뿌리라고 외쳐 댔다. 후각 신경이 그 마법의 냄새에 익숙했던 바바발루크는, 카라티스가 가장 좋아하는 오락거리에 돌입했음을 쉽사리 짐작하고는 놀라지 말라고 사람들을 열심히 달랬다. 하지만 군중은 그를 늙어빠진 비겁자로 취급하며 주저 없이 파렴치한 배신자라고 낙인을 찍어 버렸다. 쌍봉낙타들과 단봉낙타들이 물을 싣고 나아가고 있었지만, 아무도 어떤 길로 탑에 들어가야 하는지는 몰랐다. 군중이 문을 뚫고 들어가려고 완강한 가운데, 사나운 동풍이 그들 앞길에 엄청난 규모의 화염을 가져다 놓았다. 처음에는 흠칫 물러설 수밖에 없었지만, 잠시 후 불길이 그들의 열의를 다시 점화시켰다. 동시에 뿔과 미라 들이 뿜어내는 악취는 점점 커져 갔는데, 대다수 사람들이 질식할 지경에 이르러 뒤로 물러났다. 서로 계속 발을 맞추던 이들은 냄새의 근원이 무엇인지 궁금해하며, 물러서자고 서로 충고를 나누었다. 나머지 사람들보다 더 몸이 좋지 않았던 모라카나바드는 딱한 처지에서도 그대로 남아 있었다. 한 손으로는 코를 쥐고, 문을 부수고 탑에 들어가기 위해 무던히 애쓰며 노력을 멈추지 않았다. 가장 강하고 가장 굳은 결의를 다진 사람들 140명이 결국은 해내고 말았다. 계단으로 난입하는 데 성공한 그들은 십오 분 만에 아주 높은 곳까지 올라갔다.

 벙어리들이 몸짓으로 보내는 경고를 받은 카라티스는 몇 계단을 내려갔는데, 밑에서 외쳐 부르는 여러 목소리가 들렸다. "잠깐이면 물이 갑니다!" 나이에 맞게 지긋한 조심성이 있었던 그녀는 즉시 탑 꼭대기로 다시 올라가 아들에게 몇 분간 제물 의식을 중단하라고 이르면서 덧붙였다. "얼마 안 있다가 더 감사하는 마음으로 이 의식을 행할 수가 있을 게다. 네 백성들 중 어떤 멍청이들이 우리가 불길에 갇혔다고 굳게 믿고는 성급하게 달려들어 저 문들을 부수고 쳐들어왔구나. 여태까지 침범당하지 않은 곳인데, 물을 가지고 올라오겠다고 말이다. 너도 인정하지 않을 수 없겠거니와, 네가 자기들한테 한 짓을 그토록 금방 잊어버리다니, 참으로 다정한 사람들이다. 하지만 그런 건 잠깐이야. 이단자를 내주겠다고 제안하자꾸나. 올라오게 놓아두자. 힘과 경험에서 딸리지 않는 우리 벙어리들이 그들을 떼내 버릴 것이다. 그들은 곧 힘이 빠지고 말아 녹초가 될 게야."

"그렇게 하시던가요." 칼리프가 대꾸했다. "우리가 일을 끝내면 내가 식사를 한다는 전제로 말이에요."

사실 1만 1천 개의 계단을 그토록 서둘러 오르느라 숨이 턱까지 차오르고, 들고 오던 물이 계속 엎질러지는 통에 곤욕을 치르던 착한 사람들은 화염의 날름거리는 혀와 자기들의 오각을 압도했던 미라들의 연기보다 먼저 정상에 도달할 리가 만무했다. 안타까운 일이었다. 위에 있던 사람들이 자신들의 목에 새끼줄을 겨냥하며 흐뭇한 미소를 짓고 있는 것을 못 보다니 말이다. 하지만 이 친절한 인사들은 그런 상황에서 기쁨에 젖었다. 그토록 쉽게 교살 의식이 수행된 적은 예전엔 결코 없었다. 그들은 모두 저항을 해볼 새도 없이 쓰러졌고, 그리하여 바테크는 시간이 잠깐 흐른 후에 가장 충성스러운 백성들의 시신들에 둘러싸인 자신을 발견했다. 전부 제물 더미의 꼭대기에 던져져 있었다. 굳건한 마음가짐을 절대로 버려 본 일이 없는 카라티스는 봉헌을 완수하는 데 필요한 시신을 충분히 얻었다고 생각하면서, 계단을 가로질러 사슬을 치고 철문으로 방책을 치도록 명령함으로써 더 이상 아무도 올라오지 못하게 막았다.

명령이 수행되기가 무섭게 탑이 흔들렸고, 죽은 육체들이 불꽃 속으로 사라져 버렸다. 불꽃이 거무튀튀한 심홍색에서 밝은 장밋빛으로 일순 변했다. 주위를 둘러싼 연기가 극치의 절묘한 향기를 발산했다. 대리석 기둥에 더할 나위 없이 조화로운 소리가 울려 퍼졌고 녹아 버린 뿔들은 최고로 향긋한 향을 뿜어 냈다. 카라티스는 기쁨에 완전히 넋이 나가서 계획이 성공하리라 상상했고, 반면에 이 달콤함에 복통만 얻은 벙어리들과 흑인 여자들은 투덜거리며 제 방으로 돌아갔다.

그들이 사라지자마자, 칼리프는 형언하기 힘든 즐거움을 보고 느꼈다. 장작더미와 뿔, 미라와 재 대신에 더할 나위 없이 근사한 음식으로 뒤덮인 테이블을 보았던 것이다. 포도주를 담은 커다란 병, 눈[雪] 위를 떠다니는 아주 멋진 셔벗이 담긴 단지가 놓여 있었다. 그는 그런 쾌락에 주저도 망설임도 없이 기꺼이 몸을 움직였는데, 손은 이미 피스타치오를 채운 양고기에 가져가고 있었다. 그 와중에 카라티스는 섬세하게 세공한 단지에서 그 끝이 보이지 않는 듯한 양피지를 은밀하게 꺼내고 있었다. 그것은 아들의 주의를 벗어나 벌어진 일이었다. 바테크는 끝없는 식욕을 채우는 데 온 정신이 팔려서 방해할 생각도 없이 어머니를 내버려 두었다. 일을 끝내고 나서 카라티스가 아들에게 고압적인 투로 말했다. "이제 그만 흥청망청 먹고 마셔라. 네게 은혜를 가져다줄 찬란한 약속을 들어 보란 말이다!" 그러고는 다음에 이어지는 내용을 읊조렸다. "바테크, 마음속으로부터 사랑하는 내 아들, 그대는 내 희망을 능가하였도다. 너의 미라, 너의 뿔 들,

게다가 저 더미 위에 바쳐진 더 많은 생명의 풍미에 내 콧구멍이 크나큰 만족을 얻었으니. 만월이 그대의 악사들과 케틀드럼✛이 소리를 내도록 할 적에 온갖 장엄한 행렬로 둘러싸여 그대의 궁전을 떠나라. 그대의 가장 충성스러운 노예들, 그대의 가장 사랑스러운 후궁들, 그대가 가장 기막히게 아끼는 자식들, 그대의 가장 값진 보물을 잔뜩 실어 무거워진 낙타들에 둘러싸여서 이스타카르를 향해 가라. 그곳에서 내가 오기를 기다려라. 그곳은 경이의 땅이다. 그곳에서 그대는 지안 벤 지안의 왕관과 솔리만의 부적, 아담 이전에 살았던 술탄들의 보물을 받을지니. 그곳에서 그대는 온갖 종류의 환희로 위무받을 것이다. 그러나 가는 길에 조금이라도 시간을 끌며 주저앉아 즐겼다가는 내 분노의 힘이 미칠 것이라는 사실을 명심하라."

　호사스러운 음식이라면 습관처럼 누리던 칼리프였음에도 불구하고, 이다지도 크게 만족하며 식사를 한 적은 예전엔 미처 없었다. 이 황금 같은 절정의 기쁨을 전방위적으로 밀어붙이면서, 그는 부어라 마셔라 했다. 술이라면 천성적으로 질색이어서 무슨 수를 써도 견디지 못하는 카라티스도 채우는 잔마다 빠짐없이 기념할 이유를 갖다 대지 않을 도리가 없었다. 그런데 그들은

✛ 가마솥처럼 아래로 내려갈수록 지름이 작아지는 형태의 통에 막을 씌워 소리내는 타악기.

얄궂게도 마호메트의 건강을 위해 퍼마시고 있었다. 이 지옥의 술로써 그들의 불경스러움과 뻔뻔함이 완성되었고, 그들은 신성 모독의 말을 홍수처럼 쏟아냈다. 그러니까 그들은 발람과 잠자는 일곱 사람들의 개와 마호메트의 낙원에 들여진 다른 동물들을 조롱하는 대가로 자기들의 위트를 거리낌 없이 표출했다. 1만 1천 개의 계단을 내려오는 동안에 이런 유머를 활발하게 풀어놓은 덕분에, 광장에서부터 탑까지 펼쳐진 초조한 얼굴들에서 주의를 돌릴 수 있었고, 마침내는 지하 통로를 통해 왕실에 도착했다. 바바발루크는 이리저리 활보하며 환관들에게 기세등등하게 명령을 내리고 왕의 직무를 대신하고 있었다. 환관들은 빛이 보이는 쪽으로 코를 킁킁거리며 서카시아 여자들의 눈을 화장시켜 주고 있었다. 칼리프와 그의 어머니가 시야에 들어오기가 무섭게 그가 외쳤다. "아! 결국 불길에서 빠져나오셨군요. 하지만 완전히 마음 놓고 있을 수만은 없었습니다."

"네가 뭘 생각했건, 혹은 지금 생각하고 있건 간에 그게 우리와 어떤 상관이라도 있을 줄 알고?" 카라티스가 외쳤다. "가거라, 어서 서둘러. 모라카나바드에게 가서 우리가 당장 오란다고 일러라. 그리고 너의 김빠진 생각을 어떻게 멈출지나 가는 길에 생각해 보아라."

모라카나바드는 한순간도 지체하지 않고 소환에 응했고, 바테크와 그의 어머니로부터 아주 성대한 환대를 받았다. 그들은 차분함과 애도의 분위기가 감도는 가운데 그에게 탑 꼭대기의 화재가 진화되었음을 전했다. 그러나 자기들을 도우려고 안달하던 용감한 사람들의 생명을 값으로 치른 대가였다.

"그런 불행이 또다시 일어나다니," 모라카나바드가 한숨을 푹 내쉬며 외쳤다. "아, 우리 믿는 자들의 사령관이시여, 우리의 성스러운 예언자는 분명 우리에게 화가 나 있는 모양입니다! 폐하께서는 그분을 가라앉히실 의무가 있나이다."

"장차 진정을 시켜 드려야지!" 칼리프가 선의 자취라고는 조금도 없는 미소를 띠고 대답했다. "그대는 내가 자리를 비우는 동안에 충분한 여유를 가지고 신실한 기도를 올릴 수 있을 것이오. 내가 떠나는 이유는 이 나라가 내 건강에 해악을 끼치고 있기 때문이지. 나는 네 개의 샘물이 있는 저 산에는 질려 버렸소. 그래, 로크나바드의 강을 찾아가 그 물을 마셔 볼 결심이 섰다오. 나는 강물이 흐르는 그 활기찬 계곡에서 원기를 회복하기를 갈구하고 있어. 어머니의 도움을 받아 내 영토를 다스리고 어머니의 실험에 필요할 것 같으면 무엇이든지 보살펴 드리시오. 그대도 잘 알거니와, 우리 탑에는 과학을 진보시킬 물자가 넘쳐나지 않던가."

모라카나바드의 구미에는 영 못마땅한 탑이었다. 어마어마한 재보가 탑에 탕진되었다. 그는 그곳으로 옮겨지는 것이라고는 흑인 여자들과 벙어리들의 괴이쩍은 약밖에 보지 못했다. 그는 사람이 생각할 수 있는 색이란 색은 모두 모아 놓은 카멜레온 같은 카라티스를 어찌 생각해야 할지도 몰랐다. 그녀의 저주받은 화법은 종종 이 불쌍한 무슬림이 최후의 궁지에 내몰리게끔 몰고 갔던 것이다. 하지만 만약 이 여인에게 선한 기질이 거의 없다면, 그의 아들에게는 심지어 더 조금밖에 없다는 생각이었다. 그러니 전체적으로 보았을 때 대안은 그녀 쪽일 수밖에 없다는 결론을 내렸다. 그리하여 이런 생각으로 마음을 눅인 그는 기운을 내어 백성을 달래고 주인의 여행에 필요한 것을 모자람이 없이 마련했다. 바테크는 지하 궁궐의 정령들을 무마하기 위해 유람 행렬을 유별날 만큼 웅장하고 화려하게 만들기로 마음먹었다. 이런 생각으로 백성이 가진 재산을 샅샅이 몰수했고, 그동안에 그의 훌륭하신 어머니는 후궁들을 찾아가 보유하고 있는 보옥을 벗겨내 왔다. 그녀는 약 3백 미터 반경 내에 사는 사마라와 다른 도시의 재봉사와 삯바느질쟁이 들을 모조리 모았다. 천막과 가마, 소파, 군주의 수송대를 위한 잠자리를 준비시키기 위해서였다. 마술리파탐❖에는 사라사 무명이 한 폭도 남아 있지 않아서, 바바발루크를 비롯한 다른 환관들에게 입힐 옷을 만들려고 너무나 많은 모슬린을 사들이는 바람에 바빌론의 이라크 전체 땅에 모슬린은 한 쪼가리도 남지 않게 되었다.

❖ 인도 남동부 뱅골만 연안의 상업 도시.

이 준비 기간 동안에 자신의 위대한 목표를 결코 놓쳐 본 적이 없는 카라티스는 도시에서 가장 아름답고 자태가 고운 여인들을 선발했다. 그러나 그 화사한 여인들의 한중간에 뱀들을 풀어놓고, 테이블 밑에 전갈이 든 항아리를 깨뜨려 놓았다. 그들 모두가 영문도 모르고 물려 버렸다. 그리고 카라티스는 그들이 물리게끔 내버려 두고는 자신이 만든 특효 진통제로 그들의 상처를 이따금씩 치료해 주는 것을 오락거리로 삼았다. 이 선한 왕비는 게으르게 빈둥대는 것은 딱 질색이었다.

　　그의 어머니만큼은 적극적이지 않은 바테크는 각각의 감각을 위해 바쳐진 궁궐에서 제 감각을 충족하는 데만 오로지 전념했다. 그는 궁정이나 모스크에서의 싫증나는 일은 더 이상 감수하지 않았다. 사마라의 절반이 그의 본보기를 따랐고, 나머지는 타락이 진행되는 정경을 보며 비탄에 빠졌다.

　　이런 사태가 한창 벌어지는 중에 성스러운 시간을 바치고 돌아오라고 메카로 보냈던 사절단이 귀환했다. 대부분 율법 사제들로 구성된 사절단은 위임받은 일을 완수하고 카바 신전✤을 쓰는 데 사용했던 금작화 빗자루를 가지고 돌아온 터였다. 지구상에서 가장 위대한 세도가를 위해서는 진정 가치 있는 선물이 아닐 수 없었다!

✤ 이슬람교도들이 가장 신성하게 생각하는 메카의 신전.

이런 와중에 칼리프는 하필이면 그때 어느 후궁의 방에 가 있었는데, 어떻게 봐도 사절단을 맞이할 품새가 아니었다. 그곳은 지내기에 쾌적하기도 했거니와, 어떤 장엄한 분위기가 서려 있어서, 그가 빈번히 방문하고 둘이 상당한 시간을 함께 보내는 곳이었다. 그는 이곳에 은둔하여 온 정신이 팔린 중에 바바발루크가 그곳 앞에 걸린 태피스트리와 문 사이에서 자신을 외쳐 부르는 소리를 들었다. "여기 메카에서 금작화 빗자루를 가지고 위대한 에븐 에드리스 알 샤페이와 알 무하데딘이 도착했습니다. 이들은 기쁨의 눈물로써 이 빗자루를 폐하께 직접 선사해 드리기를 간청하고 있습니다."

"빗자루를 이리 가져오라고 하라. 쓸모가 있을지도 모르겠다." 술통을 다 쥐어짜지는 않은 덕분에 아직 정신이 양호하던 바테크가 말했다.

"어쩌나!" 바바발루크가 들릴락 말락하는 목소리로 넋이 빠져 말했다.

"시키는 대로 따르라." 칼리프가 대답했다. "주권자로서의 내 뜻이 그러하니, 당장 가거라. 내 눈앞에서 사라져. 그대를 그토록 기쁘게 한 그 착한 친구들을 이곳에서 맞이할 테니 말이다."

환관은 웅얼거리며 자리를 떴고, 공경해야 할 사절단에게 가서 자기와 함께 가야겠다고 일렀다. 거룩하다고 할 만한 환희가 이 존경스러운 노인들 사이에서 풍겨 나왔다. 그들은 기나긴 여행으로 고단했음에도, 거의 기적적일 만큼 몸가짐을 조심스럽게 추스르고 바바발루크의 뒤를 따랐다. 옷자락을 끌며 보무도 당당하게 주랑 현관을 지날 때는, 칼리프가 보통 대사들을 맞이하는 알현실이 아닌 곳에서 자신들을 맞이한다는 사실에 어깨가 으쓱해졌다. 곧 도착한 하렘의 내부(그곳에서 그들은 페르시아 블라인드 너머에서 커다랗고 부드러운 눈들, 푸른색을 띤 어두운 눈들이 섬광처럼 점멸하는 것을 알아차렸다)에서 그들은 존경과 경이, 천상에서 내린 사명감에 가득 차서 작은 복도들을 일렬로 줄지어 지나갔다. 영영 끝날 것 같지 않은 복도 끝에 칼리프가 그들을 기다리고 있는 방이 나타났다.

"아니! 믿는 자들의 사령관께서 어디 편찮으신 겐가?" 에븐 에드리스 알 샤페이가 동료에게 낮은 목소리로 속삭였다.

"기도를 하시느라 이곳에 와 계신 거라 생각하는 편이 낫겠네." 알 무하데딘이 대답했다.

이 대화를 들은 바테크가 외쳤다. "내가 예서 무얼 하건 간에 그대들에게 뭐 그리 상관이 있소. 지체 말고 다가오시오."

그들은 바테크의 안전案前으로 나아갔고, 칼리프가 문 앞에 걸린 태피스트리 뒤쪽에서 손을 내밀고 빗자루를 요구하는 동안에 바바발루크는 당황스러워서 허둥지둥했다. 거룩한 알 샤페이는 복도 바닥이 허락하는 한 최대로 납작 엎드려, 심지어는 거의 반원이 될 만큼 몸을 구부린 채로, 수가 놓여지고 향수 냄새가 밴 보자기에서 빗자루를 주섬주섬 꺼냈다. 불경스럽게 입맛을 다시는 상스러운 눈들로부터 보호하려고 꽁꽁 싸맨 터였다. 그가 동료들 사이에서 일어나서는 기도실로 생각되는 곳을 향해 몹시 위엄을 갖추어 나아갔다. 하지만 얼마나 경악스러웠던가! 또 얼마나 큰 공포에 사로잡혔던가! 바테크가 야비하기 짝이 없는 웃음을 터뜨리며 떨리는 그의 손에서 빗자루를 낚아채더니 천장에 대롱대롱 매달린 거미집을 향해 빗자루를 겨냥했다. 그러고는 단 한 줄도 남지 않을 때까지 싹싹 쓸어 없앴다. 이 노인들은 놀라움에 짓눌려서 땅바닥을 향한 고개를 들 수가 없었다. 바테크가 태피스트리를 조심성 없이 아무렇게나 반쯤 끌어올린 탓에, 그들은 그가 하는 행동을 내내 목격했다. 눈물이 대리석 바닥으로 세차게 떨어져 내렸다. 알 무하데딘은 분하기도 하고 피로에 지쳐서 그만 정신을 놓아 버렸다. 그런 와중에 칼리프는 의자 위로 몸을 털썩 던지고는 무자비하게 소리를 지르며 손뼉을 쳤다. 마침내 그가 바바발루크에게 말했다. "내 친애하는 흑인이여," 그가 말했다. "가라. 가서 시라즈에서 들여온 내 훌륭한 술로 이 경건하고도 가련한 영혼들을 달래 주어라. 그리고 그 누구보다도 내 궁전의 많은 곳을 둘러보았다고 자랑할 수 있도록 내가 일을 보는 조정을 구경시켜 드리고, 내 마방으로 연결되는 뒷계단을 거쳐 나가시는 길을 안내해 드려라." 이 말을 하면서 그는 그들 면전에다 빗자루를 내던졌고, 이 우스운 일을 카라티스와 함께 나누며 즐기기 위해 가버렸다. 바바발루크는 있는 힘껏 사절들을 달랬으나, 가장 쇠약한 두 사람은 그 자리에서 숨을 거두고 말았다. 나머지는 각자의 침대로 옮겨졌다. 그들마저 비탄과 수치심으로 무너진 가슴을 안고 그곳에서 다시는 일어나지 못했다.

이튿날 밤에 바테크는 여행을 위한 만반의 준비가 되었는지 확인하려고 어머니를 대동하고 탑 위로 올랐다. 그는 별들의 움직임에 영향력이 있음을 굳게 믿었고, 그것을 확인하려고 탑에 오른 것이었다. 행성들은 더없이 흡족한 장면을 연출하고 있었다. 칼리프는 그 광경이 너무나 흐뭇한 나머지, 꼭대기에 올라 명랑한 기분으로 식사를 했다. 식사 도중에는 자신감을 온통 북돋아 주듯 하늘 가득 쩌렁쩌렁 웃음소리가 울려 퍼지는 듯한 공상에 젖어들었다.

궁궐에서는 모든 일이 착착 돌아가고 있었다. 불은 밤새도록 꺼지지 않고 밝혀졌고, 연장이 부딪치는 소리, 기술자들이 일을 마치는 소리, 자수를 놓는 여자들과 그들을 시중드는 자들이 내는 노랫소리가 밤새 끊이지 않았다. 그 모두가 자연의 정적을 뒤흔들어 놓았으며, 바테크의 가슴을 무한하게 즐겁게 해주었다. 그는 솔리만의 왕좌에 앉는 자신의 모습, 승리로 다가가는 자신의 모습을 상상했다.

백성들도 그보다 더했으면 더해서 잔뜩 흥에 겨웠다. 그들은 변덕이 어디로 튈지 모르는 외골수 군주에게서 벗어날 순간을 하루 빨리 앞당기기 위해서 모두 발 벗고 나선 참이었다.

사방 분간 못하는 군주가 떠나기 전날은 카라티스가 신비의 양피지에 적힌 명령을 되풀이해 일러 주는 데 쓰였다. 그녀는 가슴속에 철저하게 그 내용을 품고 있었다. 그리고 길을 가는 도중에 그 누구의 집에도 묵지 말라고 충고하면서 덧붙이기를 "네가 가장 잘 알고 있으려니와, 네가 훌륭한 식사와 젊은 여자들 후엔 얼마나 술이 당기는지 말이다. 그러므로 세상에서 최고인 네 오래된 요리사들에게 만족하고, 바바발루크가 아직 너에게 보여 주지 않은 어여쁜 후궁들이 서른댓 명이 됨을 잊지 말라고 일러두마. 나로서는 네 처신을 지켜보고 나서 지하 궁궐을 방문하기를 크게 바라고 있단다. 그곳은 말할 것도 없이 우리 같은 사람들의 흥미를 불러일으킬 만한 것이면 무엇이든 다 있다. 동굴에 들어가 지내 보는 것만큼 흡족한 일도 없을 게다. 내 기호는 확실히 시체와 미라 비슷한 것들에 있지. 그리고 네가 그런 것들 중에서도 가장 절묘한 종류의 것을 보게 되리라고 믿어 의심치 않아. 그때 가서 나를 잊어서는 안 된다. 네가 광물의 왕국과 지구 그 자체의 중심을 열어 주는 호부護符를 손에 넣는 순간이 오면, 나와 내 각료를 데리러 올 믿을 만하고 비범한 인재 몇 명을 잊지 말고 보내라. 죽을 때까지 꽉꽉 우려낸 뱀의 기름이, 그런 우아함에 꼼짝없이 매료되고 말 그 이단자에게 깜찍한 선물이 될 테니까 말이다."

　이 훈교가 끝남과 거의 동시에 네 가지 샘물이 있는 산 뒤로 해가 뉘엿뉘엿 지고 떠오르는 달에게 자리를 내주었다. 저녁이 한껏 차지한 이 행성은 출발하지 못해 안달이 난 여자들과 환관들과 시동들의 눈에 그다지도 아름답고 광대해 보일 수가 없었다. 도시에는 기쁨의 함성과 뺙뺙거리는 나팔 소리가 다시 울려 퍼졌다. 텐트 위에서 까딱거리는 관모와 그 깃털 장식이 은은한 달빛을 받아 빛나는 것 말고는 아무것도 보이지 않았다. 동방의 가장 장엄한 튤립으로 물든 널따란 광장은 거대한 정원처럼 보였다.

　가장 특별난 의식에서만 입는 관복을 맞추어 입은 칼리프가 백성들 앞에 모습을 드러내고는, 대신과 바바발루크의 수행을 받으며 탑의 대계단을 내려왔다. 그는 도처에서 시야를 간질이는 장려한 광경에 감탄하느라 중간 중간 발길을 멈추었고, 심지어 호화로운 짐을 져서 몸이 무거운 낙타들까지 포함해서 모든 군중이 그 앞에 무릎을 꿇었다. 한동안 좌중에게 내려앉은 정적을 흩트릴 것은 아무것도 없었다. 그런데 뒤쪽에 있던 일부 환관들에게서 날카로운 비명 소리가 터져 나왔다. 여인들을 태운 가마가 기울며 흔들리고 있었다. 그리고 몇몇 용감무쌍한 사내들이 가마 안으로 침입하여 안에 있던 포로들을 빼내는 모습이 보였다. 하지만 이 웅장한 행렬은 너무나 큰 장관을 연출한 나머지, 이런 소동에는 끄떡도 하지 않았다. 한편 바테크는 한없는 맹목에 의지해 달에게 인사를 올렸고, 군주의 가는 길을 마지막으로 보려고 모여들었던 모라카나바드나 율법박사들은 그 모습에 기분이 썩 좋지 않았다. 씁쓸하기로는 궁정의 대신과 고관대작도 그들에 못지않았다.

마침내 탑 꼭대기에서 여행의 서막을 알리는 클라리온과 나팔 소리가 울려 퍼졌다. 악기들은 제각기 조화를 이루며 완벽하게 어우러졌지만, 그 소리에 단 하나 불협화음이 섞여들었다. 그것은 카라티스에게서 흘러나오는 소리였으니, 그녀는 이단자에게 바치는 무시무시한 기도를 노래하는 중이었고, 흑인 여자들과 벙어리들이 입 한 번 뻥긋하지 않고서 그 노래를 철저하게 받쳐 주고 있었다. 선한 이슬람교도들은 악의 전조가 되는 야행성 벌레들의 불길한 콧노래가 환청으로 들리는 것이 아닌가 생각했고, 바테크에게 이 환청처럼 들리는 카리타스의 노래가 그의 성스러움을 어떤 위험에 빠뜨리고 있는지 제발 알아 달라고 고집스럽게 간청했다.

신호에 맞추어 칼리프의 위대한 깃발이 올라갔고, 2만 개의 창이 깃발 주위를 둘러싸고 번쩍였으며, 칼리프는 자신을 위해 깔아 놓은 황금 천을 위풍당당하게 지르밟고서, 온 좌중의 경외를 한 몸에 받으며 가마에 올랐다. 백성들은 경외심에 사로잡혔다.

최상의 질서와 전적인 고요함 속에서 여정이 개시되었다. 어찌나 조용했는지 카툴 평원 덤불 속의 메뚜기 소리까지 들릴 지경이었다. 들뜨고 유쾌한 분위기가 여행단을 뒤덮었고, 새벽이 되기도 전에 30킬로미터는 족히 지나왔다. 동틀 녘의 샛별이 창공에서 여전히 빛나고 있을 때, 이 대원정대는 티그리스 강둑에서 멈추었다. 그곳에서 하루 중 나머지 동안 휴식을 취하기 위해 야영을 쳤다.

이어진 사흘은 같은 식으로 보냈다. 하지만 나흘째 되던 날에 하늘이 화가 난 듯했다. 번개가 쉴 새 없이 번쩍였고, 뒤이어 천둥이 우레와 같은 굉음을 내며 울려 퍼졌으며, 벌벌 떠는 서카시아 여자들이 자신들의 추한 감시자들에게 있는 힘을 다해 달라붙었다. 칼리프 자신은 굴치사르라는 커다란 도시에 몸 부릴 곳을 얻고 싶은 마음이 굴뚝같았다. 그곳의 총독이 그를 친히 맞으러 와서 온갖 종류의 음식과 휴식 등을 제공하려고 했다. 하지만 가장 아끼는 후궁들이 끈덕지게 졸라 댔음에도 불구하고, 그는 명판들을 살펴보면서 뼛속까지 스며들도록 비를 맞았다. 감각의 궁궐들에 대한 아쉬움이 슬슬 들었지만, 그럼에도 그는 그 원대한 계획에 대한 중심을 잃지 않았다. 그리고 꺼질 줄 모르는 기대가 그의 결의를 확고히 다져 주었다. 지리학자들에게 그를 수행하라는 명이 떨어졌다. 하지만 날씨가 너무나 험악해지고 있었고, 이 불쌍한 사람들은 애처롭기 그지없는 몰골로 나타났다.

그리고 하룬 알 아시드의 시대 이래로 이토록 긴 여정이 없었기 때문에, 그들의 지도는 심지어 그들 자신보다도 상태가 더 나빴다. 지도는 어디서 길을 꺾어야 하는지 하나같이 다 달랐다. 바테크는 하늘의 운항에 관해서는 조예가 깊었지만, 정작 지구 위에서 자네가 처한 상황에 대해서는 더 이상 알 길이 없었다. 그는 하늘이 내는 천둥소리보다 더 큰 소리로 고함을 쳤고, 주문을 외며 점괘를 내보려 했다. 그 소리가 교양 있는 귀에는 그다지 편안하게 들리지 않았다.

지겹고 고되기 짝이 없는 여정이 지긋지긋해진 그는, 험준한 고지를 넘고 나서 한 농부의 안내를 따르기로 결정했다. 농부는 책임지고 나흘 내로 그를 로크나바드에 데려다 주기로 했다. 신하들이 반대하는 소리는 소용도 없었다. 그의 결심은 빼도 박도 못할 것이었고, 염소들의 고장에 대한 침략이 개시되었다. 염소들은 그들 앞에서 빠른 속도로 도망을 쳤다. 낙타들이 반쯤 가루가 된 바위 조각을 잔뜩 뒤집어썼고, 황금과 실크로 만든 천막은 꼭대기 부분이 바람에 펄럭이며 진기한 모습을 연출하고 있었다. 천막은 이제껏 시든 엉경퀴와 양치식물로만 뒤덮여 있을 뿐이었다.

여자들과 환관들은 발밑으로 보이는 절벽과 산들 사이로 입을 벌린 거대한 협곡의 을씨년스러운 광경에 탄식을 내뱉었다. 가장 가파른 암벽을 등반하기 전에 밤이 그들을 따라잡고 말았다. 그러고는 비바람이 맹렬하게 몰아치기 시작했다. 비바람은 가마와 우리 들의 차양을 걷고 제 집인 양 들어갔으며, 안에 타고 있던 가련한 여인들, 추위가 이토록 가혹한 것임을 전혀 못 겪어 본 여인들에게 살을 에는 듯한 돌풍을 들여보냈다. 하늘의 얼굴을 뒤덮은 어두운 구름이 이 재앙의 밤에 드리워진 공포를 더 짙게 했다. 아무 소리도 분간할 수 없을 정도였다. 다만 시동들이 가냘프게 낑낑대는 소리와 후궁들이 탄식하는 소리만이 들릴 뿐이었다.

 이 총체적인 불운에 설상가상으로, 멀리서 야생 짐승들의 무시무시한 포효가 메아리쳤고, 그들이 있던 숲 가장자리에서 오로지 악마 아니면 호랑이의 것일 눈이 번뜩이고 있음을 사람들은 곧 알아챘다. 선봉대가 있는 힘을 다해서 궤도를 선정한 터였고, 첨병대의 일부가 어떤 위험이 도사리고 있는지 채 알리기도 전에 잡아먹히고 말았다. 군중 사이에 극도의 혼란이 일었다. 호랑이, 그 밖에 동물을 잡아먹는 다른 동물들이 동료들의 울부짖음에 이끌려 천지사방에서 떼를 지어 나타났다. 온 사방에서 뼈가 으스러지는 소리가 들렸으며, 머리 위로 날개들이 공포스럽게 퍼덕이는 소리를 냈다. 이제 독수리들이 잔치의 일원이 되기 시작했다.

 이 공포는 이윽고 군주와 후궁이 있는 원정대의 주부主部까지 도달했다. 그들은 일이 벌어지고 있는 장소에서 10킬로미터가량 떨어져 있었다. 바테크(그는 널따란 가마의 비단 방석 위에서 프랑게스탄의 에나멜보다 피부가 더 뽀얀 두 어린 시동을 곁에 두고 휴식을 취하고 있었다. 시동들은 파리를 쫓느라 여념이 없었다)는 잠이 푹 들었고, 꿈속에서 솔리만의 보물을 감상하고 있었다. 하지만 후궁들의 새된 비명 소리에 깜짝 놀라 잠에서 깨버렸고, 황금 열쇠를 쥔 이단자 대신에 그가 본 것은 완전히 경악에 빠져 어쩔 줄 모르는 바바발루크였다.

"폐하," 세상의 군주들 중에 가장 위세 있는 군주의 이 충실한 시종이 외쳤다. "불운이 최고조에 달했습니다. 폐하의 성스러움을 죽은 나귀만큼도 공경하지 않는 들짐승들이 낙타와 모이꾼들을 에워쌌습니다. 가장 값진 짐 서른 개가 벌써 그놈들의 손에 들어갔고, 폐하의 과자를 굽는 사람들, 요리사들, 식량 조달자들도 마찬가지입니다. 우리의 신성하신 예언자가 보호해 주시지 않는 한, 우리는 전부 최후의 식사를 마주하게 될 것입니다."

먹는 얘기에 칼리프의 인내심이 전부 바닥이 났다. 그는 울부짖기 시작했고, 급기야 제 몸을 때리기까지 했다(어둠 속에서 눈앞에 뵈는 것이 없었기 때문에). 시시각각으로 소문이 커져 갔고, 주인을 위해 어떤 일도 할 수 없음을 알게 된 바바발루크는 후궁들에게서 흘러나오는 야단법석에 귀를 막고 큰 소리로 외쳤다. "오시오, 여인들과 형제들이여! 모든 손을 놀려야 합니다! 불을 켜시오! 믿는 자들의 사령관이 이 불경한 짐승들을 즐겁게 해주었다는 말이 전해져서는 안 됩니다."

변덕스럽고 제멋대로인 이 미인들은 수가 충분하지는 않았지만, 지금의 상황으로서는 모두 고분고분 말을 따랐다. 그들의 거처 곳곳에서 불빛이 반짝반짝 밝혀졌다. 만 개의 횃불이 일제히 불타올랐다. 칼리프는 밀랍을 사용한 커다란 횃불을 움켜잡았다. 모든 이가 그를 따라서 했고, 기름에 적신 밧줄 끝에 불을 붙여 막대기에 묶자 엄청난 불길이 확 퍼졌다. 바위산은 햇빛만큼이나 밝은 빛으로 뒤덮이며 장관을 이루었고, 바람에 튕겨 길을 이룬 불똥의 행렬이 사방에 널린 양치식물과 어우러졌다. 뱀들이 놀라서 갇혀 있던 곳에서 기어 나와 쉿쉿거리는 소리를 내고, 말들은 콧김을 내뿜으며 발로 땅을 구르고 코를 허공에 들어 올리고는 사방 분간 않고 날뛰었다. 그들이 가고 있던 길과 맞닿은 삼나무 숲에 불길이 옮겨붙었고, 길 위에 매달린 나뭇가지에도 불이 붙어, 여인들이 타고 있던 가마를 뒤덮은 모슬린과 무명천까지 옮겨붙었다. 목숨이 경각에 걸리자, 그들은 가마를 뛰쳐나왔다. 바테크는 이런 몹쓸 일이 일어난 것에 천 가지 불경스러운 욕을 내뱉으면서도 신성한 두 발을 맨땅에 내딛지 않을 수 없었다.

이 같은 일은 예전에는 한 번도 벌어진 적이 없었다. 제 발로 걷는 법을 모르는 여인들은 굴욕과 수치와 낙심에 빠져 땅 위로 넘어졌다. "내가 꼭 발로 걸어가야 해?" 한 여자가 말했다. "내가 꼭 발을 적셔야 해?" 또 다른 여자가 울부짖었다. "꼭 내 드레스를 더럽혀야 하냔 말이야?" 세 번째 여자가 물었다. "저주받을 바바발루크 같으니라고!" 여자들이 모두 입을 모아 소리쳤다. "지옥의 방랑자여! 횃불을 가지고 뭘 하자는 거지? 이런 처지에 처하느니 호랑이에게 잡아먹히는 게 낫겠어! 제대로 된 게 하나도 없구나! 군대에 있는 짐꾼도, 낙타 가죽 무두질장이도 다 마찬가지다. 우리 몸을, 더 심하게는 바로 우리 이 얼굴마저 보지 않은 자가 없단 말이야!" 이 말을 하면서 그들 중에서도 유독 부끄러워 견디지 못한 여자들이 땅에 이마를 박았고, 다른 여자들은 한결 더 대담해져서는 바바발루크에게 달려들었다. 그러나 그들의 성미를 익히 알고 있었던 빈틈없는 바바발루크는 화를 면하려고 동료들과 함께 줄행랑을 놓았다. 그들은 모두 횃불을 버리고 케틀드럼을 두들겨 댔다.

사위는 한여름 날의 대낮보다 더하면 더했지, 몹시 훤했다. 그리고 그에 맞추어 날씨도 무더웠다. 그러나 칼리프가 보통의 필멸하는 자와 마찬가지로 더럽혀진 모습이란 얼마나 꼴사나운가! 그의 재기가 맥을 추지 못하고 있을 적에, 에티오피아 아내 한 명(다양함을 즐기는 취향 덕분에 얻은)이 그를 품에 꼭 끌어안고는, 야자열매 꾸러미나 되는 듯 제 어깨에 부려 놓았다. 그리고 자기들을 향해 감쳐 오는 불길을 보면서, 결코 만만치 않을 길을 걷기 시작했다. 그러니까 그녀가 어깨에 진 짐의 무게를 감안하면 말이다. 이제 막 발을 어떻게 써야 하는지 배운 참인 다른 여자들이 그녀를 따랐고, 호위병들이 쏜살같이 뒤따랐으며, 낙타 몰이꾼들은 짐의 무게가 허락하는 한 최대로 빨리 따라붙었다.

곧 야생 짐승들이 살육을 개시했던 곳에 도달했다. 대소동이 벌어지고 호화로운 만찬을 즐긴 터인데도 불구하고, 짐승들은 아직 기세가 누그러지지 않았고 떠날 기미가 없었다. 하나 바바 발루크는 개중에 가장 피둥피둥한 몇 놈에게서 기회를 포착했고, 몸이 무거워 꼼짝도 못하는 놈들에게 달려들어 감탄스러운 솜씨로 가죽을 벗겨 내기 시작했다. 화염에서 멀찌감치 떨어져서 열기도 힘겹다기보다는 쾌적하고 즐길 만해지자, 곧장 가던 길을 멈추기로 결정되었다. 사람들은 누더기가 된 무명천들과 늑대와 호랑이들이 남기고 간 잔해를 묻었다. 너무나 포식을 한 나머지 날아오르지 못하는 독수리 여남은 마리에게도 설욕을 해 주었다. 해를 입지 않은 낙타들을 헤아렸고, 여인들은 다시 가마에 들어갔다. 황제의 천막이 그들이 찾은 가장 평평하고 고른 곳에 우뚝 세워졌다.

털로 만든 요에 몸을 부려 휴식을 취한 바테크는 예의 그 에티오피아 아내가 준 거센 충격에서 어지간히 회복이 되었다. 그는 먹을 것을 달라고 성화를 했다. 그녀로 말하자면 이제까지 탔던 말 중에서 최고로 힘하게 달리는 말 같았다고 그는 느꼈다. 그러나 이를 어찌 하랴! 그의 거룩한 입을 위한 케이크, 은으로 된 화덕에서 구운 케이크, 먹음직스러운 맨치트,✢ 호박당과, 커다란 단지에 든 시라즈산 와인, 눈처럼 하얀 자기 항아리, 티그리스 강둑에서 따온 포도가 모두 돌이킬 수 없이 사라져 버리지 않았던가! 그리하여 바바발루크가 내놓을 수 있는 음식은 늑대 고기와 독수리 고기 스튜, 혀를 견딜 수 없이 얼얼하게 톡 쏘는 향초, 썩은 송로버섯, 데친 엉겅퀴, 목에 궤양을 일으키고 혀를 바싹 말려 버릴 들풀들밖에는 없었다. 음료도 역시나 쓸 만한 것이 없어서, 앞서 말한 진미에 곁들여 내놓을 것이라고는 작은 호리병 몇 개에 든 이상야릇한 브랜디가 전부였다. 그것도 심부름꾼들이 신발 속에 숨겨 두었던 것이다.

 바테크는 이 황폐한 식단에 오만상을 찡그리고 말았고, 바바발루크는 어깨를 으쓱해 보이며 얼굴을 찌푸리는 것으로 대답을 대신했다. 하지만 칼리프는 그런대로 식욕을 발휘하며 음식을 먹었고, 잠깐 잠을 잔다는 것이 여섯 시간 동안 내처 자버렸다. 태양의 화려한 광휘가 산의 하얀 절벽에 반사되었고, 커튼이 가려 주는데도 불구하고 결국은 그의 휴식을 방해하고 말았다. 그는 쑥색 날벌레들에게 놀라기도 하고 날카롭게 쏘이기도 하는 바람에 잠에서 깼다. 이 파리들이 날갯짓을 할 때면 숨이 턱 막히는 악취가 풍겼다. 불쌍한 군주는 어떻게 대처해야 할지 몰라 당황했지만, 도움이 되는 방편을 구할 생각이 안 들 정도로 무력하지

❖ 최고급 밀가루로 만들어 낸 하얀 빵.

는 않았다. 그러나 바바발루크는 이 벌레들이 그의 코에 구애하듯이 바쁘게 밀어닥치는 동안에도 세상모르고 코를 골며 자고 있었다. 허기에 지친 어린 시동들은 부채를 바닥에 떨어뜨리고, 죽어가는 목소리로 칼리프에 대한 쓰라린 힐난의 말을 뱉어 냈다. 칼리프는 이제 바야흐로 난생처음 진실의 말을 듣고 있었다.

 그는 자극을 받아 저 이단자에 대한 저주를 새삼 가다듬었고, 공연히 마호메트의 마음을 달래려는 듯한 표현을 써가며 말했다. "내가 있는 이곳은 어디입니까?" 그가 외쳤다. "이 끔찍한 바위산들은 다 무엇입니까? 이 어둠의 계곡들은? 혹시 우리가 저 무시무시한 카프에 와 있는 것입니까? 이 불경스러운 계획에 나선 벌로 내 눈을 뽑아 버리려고 시무르그흐가 오고 있는 것입니까!" 이 말을 하면서 그는 송아지처럼 울부짖었고 천막 한 켠의 출구 쪽으로 몸을 돌렸다. 하지만 어쩌랴! 그의 눈에 들어온 것은 무엇이었더란 말인가! 한쪽으로는 끝도 없을 듯한 검은 모래 평원이 있고, 다른 한쪽에는 그의 혀에 격심한 고역을 안겨 주었던 엉겅퀴가 뻣뻣하게 솟은, 깎아지른 절벽들이 있었다. 그는 산딸기와 들장미, 무슨 거대한 꽃들 사이를 걸으며 정취를 느끼고 있다고 공상해 보려 했지만, 한참 잘못 본 것이었다. 그것은 단지 치렁치렁 늘어진 무명에 명랑한 시종이 걸쳐 둔 얼룩덜룩한 넝마였을 뿐이다. 바위의 갈라진 여러 틈으로 물이 흘러나오듯 보여서 바테크는 귀를 기울였다. 혹시 실개울 같은 것이라도 있는지 알아내려는 희망이 가슴 가득했다. 그러나 귀가 정작 분간해 낸 소리는 여행이 고생투성이라고 투덜거리고 물이 없으니 못 살겠다는 부하들의 볼멘소리였다.

그들이 물었다. "대체 뭐하러 우리가 여기까지 끌려온 거지? 우리의 칼리프께서 지을 탑이 또 있는 걸까? 아니면 카라티스가 경애해 마지않는 무자비한 아프리트✤들이 이곳을 거처로 정하고 주저앉았단 말인가?"

카라티스라는 이름을 듣고 바테크는 그녀에게서 받았던 명판들을 떠올렸다. 어머니는 이 명판들이 불가사의하고 초자연적인 기운으로 가득 차 있다고 호언장담했으며, 응급시에 필요하면 이 명판들에게 상담을 구하라고 조언했다. 그가 명판들을 새삼 돌려 보고 있는데, 기쁜 외침과 손뼉을 요란하게 마주치는 소리가 들려왔다. 천막 커튼이 곧 젖혀지고 바바발루크가 들어왔다. 그의 뒤를 따라 그가 가장 아끼는 수하 한 무리가 들어왔다. 그들은 키가 약 50센티미터인 난쟁이 두 명을 데리고 왔는데, 난쟁이들 사이에는 멜론과 오렌지, 석류 열매가 담긴 커다란 바구니가 들려져 있었다. 그들은 더없이 달콤한 목소리로 노래를 부르고 나서는 다음과 같이 말했다.

"저희는 이 바위산 꼭대기, 골풀과 등나무로 만든 오두막집

✤ 아라비아 신화에 등장하는 악마 혹은 귀신.

에서 살고 있습니다. 독수리들이 우리의 둥지를 보고 부러움에 샘을 내지요. 작은 샘물이 있어서 아브데스트✦를 위한 물을 얻고요. 그리고 예언자께서 인가하신 기도를 매일 되풀이하고 있습니다. 우리는 폐하를 사랑합니다. 오, 믿는 자들의 사령관이시여! 우리의 주인, 선한 에미르 파크레딘도 폐하를 사랑합니다. 그분은 폐하가 마호메트의 대리인으로서 현현하셨다고 우러르고 있습니다. 작은 우리들에게 그분이 임무를 맡겼습니다. 그는 우리가 몸은 비록 이토록 하찮고 비루하나 가슴은 누구보다도 선하다는 사실을 알고 있습니다. 그리고 이곳에 우리를 보내 황량한 산에서 당황해 어쩔 줄 모르는 사람들을 도와 드리라고 했습니다. 지난밤에 우리가 성스러운 코란을 읽으며 거처에 콕 박혀 있는 동안에 갑작스럽게 태풍이 몰아닥쳐 불을 꺼버리고 우리 사는 곳을 후려 갈겼지요. 꼬박 두 시간을 손으로 만져질 듯한 어둠에 휩싸여 있었습니다. 하지만 저 멀리서 어떤 소리가 들려왔는데, 우리는 그것이 카필라✦✦가 바위산들을 지나며 내는 종소리라고 짐작했습니다. 우리의 귀는 이내 비참하기 이를 데 없는 비명 소리, 무시무시한 포효, 케틀드럼 소리로 꽉 찼습니

✦ 기도를 올리기 전에 목욕재계를 하는 의식.
✦✦ 아랍과 인도 지역에서 여행하는 대상이나 순례자 무리 혹은 그들을 태운 대형 운송 수단을 뜻함.

✝ 바테크 ✝

다. 공포에 등골이 오싹한 가운데, 우리는 데기알*이 지상으로 살육천사들과 함께 역병을 내려보냈다고 결론지었습니다. 이런 우울한 생각을 한창 하던 중에 지평선으로 솟는 더할 나위 없이 짙은 붉은색 빛을 보았고, 몇 분 안 돼서는 우리한테까지 불똥이 온통 튀는 것을 알게 되었지요. 상황이 하도 기이하게 돌아가자 우리는 놀라서, 지혜의 영이 축성한 책을 끄집어내어 불빛 옆에 무릎을 꿇고 앉아서는 다음과 같은 구절을 읊었습니다. '하늘의 자비 말고는 그 무엇에도 믿음을 갖지 마라. 거룩한 예언자 말고는 어디에서도 도움을 구할 수가 없나니. 카프의 산이 두려움에 떨지도 모른다. 움직여질 수 없는 것은 알라신의 힘만이 유일하리라.' 소리 내어 이 말을 뱉고 나니 안도감이 들었습니다. 그리고 마음은 신성한 휴식 속으로 조용히 잦아들었지요. 침묵이 뒤따르고, 우리의 귀는 허공에서 들려오는 한 목소리를 분명히 가려낼 수 있었습니다. 목소리가 이렇게 말했습니다. '내 믿는 자의 하인의 하인들이여! 파크레딘의 행복의 골짜기로 내려가서, 인정 많은 그의 마음에 이는 갈증을 만족시키고도 남을 눈부신 기회가 찾아왔다고 전하라. 진정으로 믿는 자들의 사령관이 이 산중에서 오늘 어찌할 바를 모르고 그대들의 도움을 원하고 있

❖ 이슬람교도에서 말하는 악의 화신이자 가짜 구세주로서, 그리스도교의 적그리스도에 해당함.

다.' 우리는 기쁜 마음으로 그 성스러운 임무에 복종했으며, 우리의 주인은 독실한 열의에 가득 차서 이 멜론과 오렌지와 석류 열매를 손수 골랐습니다. 그분은 자신의 샘에서 길어 올린 가장 맑디맑은 물을 실은 낙타 수백 마리를 몰고 우리를 따라오고 있습니다. 그리고 폐하의 성스러운 의복에 입을 맞추기 위해, 그리고 그의 소박한 거처에 모시기를 간청하려고 오고 있습니다. 그곳은 풀 하나 피지 않은 불모의 야생에 있는데, 마치 납에 박힌 에메랄드 같은 모양을 하고 있습니다."

말을 마친 난쟁이들은 여전히 서 있었고, 가슴 위에 손을 가로질러 놓아 존경의 뜻을 표하는 자세로 입을 다물고 있었다.

난쟁이들의 이 흥미로운 장광설이 한창 진행되는 와중에 바테크는 바구니를 붙잡았고, 난쟁이들의 말이 끝나기 한참 전에 과일들은 그의 입 속에서 녹아 뚝딱 해치워졌다. 계속 먹는 동안에 그는 신심이 커졌고, 먹는 것과 동시에 기도를 읊으면서 코란과 설탕을 달라고 주문했다.

난쟁이가 다가오는 바람에 내던져 두었던 명판들에 다시 눈길이 갔을 때 그의 마음 상태가 이를테면 그러했다. 그는 명판들을 집어 올렸으나, 카라티스가 새긴 붉고 커다란 글자들을 보자 그만 내던지고 싶은 마음이 들었다. 그것은 아닌 게 아니라 그를 떨게 만들기에 충분한 내용이었다.

'그대의 늙은 박사들과 키가 50센티미터밖에 되지 않는 그들의 비루한 전령들을 경계하라. 그들의 속임수일 뿐인 신앙을 믿지 마라. 그들의 멜론을 먹지 말고 그것을 가져온 자들에게 침을 퉤 뱉어 주어라. 그들을 방문하는 것은 어리석기 그지없는 짓이며, 그리 한다면 지하 궁전의 대문이 면전에서 닫혀 버릴 것이다. 그리고 그러한 힘으로 그대를 산산조각 낼 것이다. 그대의 몸은 쇠꼬챙이에 꽂히고, 박쥐들이 그대의 배를 공격할 것이다.'

"이 불길한 광시곡이 대관절 무엇에 도움이 된다고?" 칼리프가 외쳤다. "그럼 내가 멜론과 오이의 계곡에서 활력을 얻을 수 있건만, 이 사막에서 갈증으로 비명에 가야 한단 말인가! 저주스러운 이단자, 흑단의 입구 앞에 선 자여! 그는 이미 너무 오랫동안 나를 춤추게 만들었다. 게다가 내 안전에서 누가 법을 들먹일 텐가? 내가 누구의 거처에도 참으로 들어가서는 안 된다니! 그러라고 하라지. 하지만 내가 들어가서 머물면 내 거처가 되지 말라는 법이 어디에 있는가?"

이 독백의 한 음 한 음마저도 놓치지 않고 죄다 들은 바바발루크는 온 마음을 다해 찬사를 보냈고, 여인들도 처음으로 그와 함께 의견의 일치를 보았다.

사람들은 난쟁이들을 즐겁게 해주고 쓰다듬어 주었으며 멋진 의식이 진행되는 동안 새틴 방석 위에 앉혔다. 그들 몸의 균형미가 비평의 주제가 되었다. 그들 몸의 1센티미터까지 검사에 시달리지 않고는 넘어가지 못했다. 그리하여 사람들은 그들에게 노리개와 우아한 장신구를 한껏 주겠다고 했는데, 그들은 점잖고도 정중한 마음을 담아 모두 고사했다. 그들은 칼리프가 앉은 의자의 옆쪽으로 기어올랐고, 그의 양 어깨에 자리를 잡고 앉아서 그의 귀에 기도를 속삭이기 시작했다. 혀가 포플러 나뭇잎처럼 떨리고, 무리의 갈채로 파크레딘이 도착했음을 알았을 때 바테크는 인내심이 거의 다 소진되고 말았다. 파크레딘은 잿빛 수염을 기른 100명의 노인과 그만큼의 코란과 낙타를 대동하고 나타났다. 그들은 곧바로 세정식에 들어갔고, 비스밀라❖를 되풀이하기 시작했다. 이 주제넘은 감시자들을 떼내기 위해서 바테크는 그들이 하는 대로 따라 했다. 마음이 더할 나위 없이 조급했다.

완고할 만큼 독실하고도 그만큼 선하며 찬사의 말에도 능한 사람인 에미르는, 먼저 와 있던 선발대가 이미 옮긴 것보다 다섯 배는 더 장황하고 지루하기 짝이 없는 장광설을 풀어놓았다. 더 이상 참고 앉아 있을 수 없어진 칼리프가 버럭 소리를 질렀다.

"마호메트의 사랑으로 말하건대, 친애하는 파크레딘이여. 이제 그만하면 됐소! 당신의 계곡으로 갑시다. 그리고 하늘이 당신에게 하사한 과일을 즐깁시다."

길을 나서자는 말이 떨어지는 순간 모든 사람이 움직이기 시작했다. 에미르의 위엄 있는 수행원들이 다소 느리다 싶게 앞길

❖ '알라신의 이름으로' 라는 뜻으로 이슬람교도의 맹세의 말.

을 맡았지만, 바테크는 낙타들을 쿡쿡 찔러 길을 재촉하라고 시동들에게 은밀하게 명령해 둔 터였다. 미친 듯한 웃음소리가 가마들에서 터져 나왔다. 이 가련한 짐승들이 앞다리를 들고 허둥대면서 등 위에 올라 탄 노인들을 우스꽝스러운 곤혹으로 몰아넣었던 것이다. 여인들로서는 그 광경을 보는 재미가 쏠쏠했다.

하지만 그들은 요행히 다치지 않고 계곡으로 들어서서 에미르가 바위를 깎아 만든 커다란 계단으로 내려갔다. 개울이 졸졸거리는 소리와 잎들이 바스락거리는 소리가 벌써부터 그들의 주의를 사로잡았다. 양옆 자락이 작은 꽃나무로 장식되어 있고, 광대한 야자나무 숲으로 이어지는 길로 가마 행렬이 들어섰다. 야자나무의 가지들이 돌을 깎아 만든 건물을 온통 뒤덮고 있었다. 이 큰 건축물은 아홉 개의 둥근 지붕으로 장식되어 있었고, 같은 수만큼의 청동 문이 달려 있었다. 문에는 다음과 같이 새겨져 있었다. "이곳은 순례자들의 성역, 여행자들의 피난처, 세상 모든 부분을 위한 비밀의 저장소이다."

그날의 날씨만큼이나 아름다운 시동 아홉 명이 매우 길고 고상한 이집트 린넨 의복을 입고 각 문 앞에 서 있었다. 그들은 편안하고 환영하는 분위기로 수행단을 맞이했다. 개중에서도 가장 호감 가는 네 명이 칼리프를 위풍당당한 왕좌에 태웠다. 그들보다는 우아함이 좀 덜한 다른 네 명은, 뛸 듯이 기뻐하는 바바발루크를 맡아서 그의 몫으로 떨어진 자그마한 집에 데려다 주었다. 나머지 시동들이 이 군단의 나머지를 책임지기 위해 남았다.

남자들이 시야에서 모두 사라졌을 때, 오른쪽을 거대하게 감싸고 있는 문이 음악 소리와 비슷한 경첩 소리를 내며 열렸고, 날씬한 몸매의 한 여자가 나왔다. 그녀의 밝은 갈색 머리칼이 황혼의 어렴풋한 산들바람에 일렁였다. 마치 플레이아데스[*] 같은 젊은 처녀 무리가 까치발로 걸으며 그녀의 시중을 들었다. 그들은 후궁들이 들어가 있는 천막으로 황급히 향했다. 그리고 그 젊은 여자가 우아하게 몸을 굽히고 후궁들에게 말을 건넸다.

"멋지신 왕비님들, 모든 것이 준비되었습니다. 휴식하실 침대를 마련해 놓았고, 재스민 꽃을 방에 흩뿌려 놓았습니다. 벌레들이 당신들의 눈꺼풀에 붙어 괴롭힐 일도 없게 조치를 취해 두었고요. 천 개의 깃털로 벌레들을 쫓아 버릴 테니까요. 이리로 오십시오, 상냥한 숙녀분들이시여! 여러분의 섬세한 발과 상앗빛 팔다리를 장미 잎을 띄운 목욕물에 넣어 달래십시오. 향기 나는 등불 아래서 하인들이 이야기를 들려 드리며 당신들을 즐겁게 해줄 것입니다."

후궁들은 이 친절한 제안을 기꺼이 받아들였고, 젊은 여자를 따라 에미르의 하렘으로 갔다. 여기서 우리는 잠시 그들을 남겨 두고 칼리프에게로 되돌아가야만 하겠다.

....
[*] 그리스 신화에 나오는 아틀라스의 일곱 딸.

바테크는 천 개의 무색 수정 램프로 밝혀진 거대한 돔 밑에 와 있었다. 똑같은 재료로 만든 같은 수만큼의 단지가 테이블 위에서 번쩍이고 있었는데, 그 안은 아주 훌륭한 셔벗으로 가득 차 있었다. 식탁에는 진수성찬이 푸짐하게 차려져 있었다. 그 많은 음식 중에서도 아몬드 우유에 끓여 낸 양의 췌장과 사프란 수프, 크림에 적신 양고기가 칼리프로서는 경이로울 만큼 마음을 사로잡았다. 그는 먹을 수 있는 만큼 모든 요리를 하나하나 맛보았으며, 유쾌한 기분을 표현하여 에미르의 우정을 확실히 알고 있음을 알렸다. 또 그는 난쟁이들에게 춤을 추라고 닦달했다. 이 자그마한 열성 추종자들은 믿는 자들의 사령관을 거역할 수 없었기에 시키는 대로 했다. 마지막으로 그는 소파 위에 널브러져 전에 없이 깊은 잠에 빠졌다.

돔 아래가 완전한 정적에 휩싸였다. 바바발루크가 턱을 움직이는 소리 말고는 전혀 방해 받는 것이 없는 정적이었다. 바바발루크는 이 더할 수 없이 좋은 기회에 맘껏 고삐를 풀고 먹어 댔다. 산중에서의 굶주림을 벌충하려는 마음에 조바심이 나 있었던 것이다. 그는 기분이 너무나 좋아져 잠이 밀려왔지만 좀 빈둥거리고 싶어져서 하렘을 방문해 보기로 마음먹었다. 가서 여인들에 대한 책임을 점검해 보려는 심사였다. 그들이 메카의 향유에 잘 젖어들었는지, 눈썹과 머리칼이 제대로 정돈되어 있는지, 요컨대 그들에게 필요한 온갖 자잘한 사무를 보기 위해서였다. 그는 좋이 오랜 시간을 헤매었지만, 문을 찾아낼 수가 없었다. 칼리프의 휴식을 방해할까 저어하는 마음에 감히 소리 내어 말할 수가 없었다. 쥐새끼 한 마리도 궁궐 경내를 얼씬거리지 않았다.

목적을 달성하기 힘들 것 같아 거의 낙담할 무렵에 낮게 속삭이는 소리가 들려왔다. 난쟁이들이 원래 임무로 돌아가서 일생에서 999번째로 코란을 읽고 있는 소리였다. 그들은 자신들의 모임에 매우 정중하게 바바발루크를 초대했지만, 그의 머리는 다른 걱정으로 가득 차 있었다. 난쟁이들은 그의 방종한 도덕심에 분개하면서도, 찾고 있는 구역을 알려주었다. 그쪽으로 가는 길에는 백 개의 어두운 회랑이 있었고, 손으로 더듬으며 걸어가야 했다. 마침내 통로 끝에 다가가자 여자들이 남의 뒷말을 하며 즐겁게 수다를 떠는 소리가 들려왔다. 그로서는 적지 않게 마음이 즐거워지는 소리였다. "아, 아! 왜 아직 주무시지들 않는 겝니까!" 그가 외쳤다. 그렇게 말을 하면서 성큼성큼 걸어갔다. "내가 의무를 저버렸다고 생각했습니까? 내 주인이 내버려 둔 일을 끝내기 위해서 남았을 뿐입니다." 흑인 환관 두 명이 소란스러운 소리가 들리자 무리에서 떨어져 나와, 손에 언월도를 들고 소리가 나는 곳이 어디인지 확인하러 왔다. 그러나 머지않아 사방에서 반복하는 말이, "그냥 바바발루크일 뿐이야! 다른 누구도 아니고 바바발루크라고!" 이 빈틈없는 관리자는 문 앞에 달린 카네이션 색깔의 얇은 비단 베일 쪽으로 올라가서 그곳에서부터 흘러나오는 부드러운 광채를 의지 삼아, 커다란 주름과 꽃 장식이 있는 커튼에 둘러싸인 욕조, 타원형의 어두운 반암 욕조를 보았다. 약간 열려 있던 커튼 사이로 젊은 노예 몇 명이 보였다. 바바발루크는 그중에 섞여 있던 자기 밑의 수하 몇 명을 알아보았다. 그들은 마음껏 팔을 벌려 향기 나는 물을 끌어안으려는 듯 보였고, 고단한 하루의 피로를 풀려는 모양이었다. 노곤하게 풀어진 모습, 내밀한 속삭임, 서로 주고받는 매혹적인 미소, 이 모든 것이 합쳐져 고혹적인 관능을 발산하고 있었는데 바바발루크로서도 버텨 내기 힘든 유혹을 안겨 주었다.

하지만 그는 평상시의 위엄을 되찾았고, 권위가 담긴 단호한 어조로 여자들에게 목욕을 당장 끝내라고 명령했다. 그가 이 지시를 전달하는 와중에, 에미르의 딸인 젊은 누로니하르가 노예에게 손짓으로 비단 끈으로 천장에 매달아 둔 근사한 그네를 끌어내리라고 명령했다. 누로니하르는 아프리카 영양처럼 발랄하고, 온통 짓궂고 쾌활한 여자였다. 노예가 명령에 따르는 동안에 그녀는 욕조 안에 있던 친구들에게 눈을 찡긋해 보였다. 여자들은 느긋하고 쾌적하게 있다가 산통이 깨져서 못내 못마땅했기 때문에 그를 그네로 돌돌 말고는 천 가지 별난 짓으로 애를 먹였다.

그가 시달리다 못해 녹초가 되어 버리자, 누로니하르는 공손하게 염려하는 척하며 잔뜩 짓궂은 분위기로 다가가서는 말했다. "환관님, 우리의 군주이신 칼리프의 환관장님을 계속 이렇게

서 계시게 하는 건 아무래도 도리가 아니겠지요. 외람된 말씀이지만, 당신의 소중한 몸을 이 소파에 눕히시면 어떨는지요. 당신을 받아들이는 영광을 못 얻는다면, 이 소파는 크게 상심해서 터지고 말 겁니다."

귀를 간질이는 그녀의 말투에 사로잡혀서, 바바발루크는 정중하게 응대했다. "내 눈에 사과와 같은 기쁨이 깃드는도다! 달콤한 그대 입술이 내린 초대를 받아들이겠노라. 그리고 진실을 말하건대, 그대의 매력이 발하는 찬연한 빛으로 나의 감각이 어지러이 헤매고 있다오."

"그렇다면 쉬세요. 느긋하게 마음먹으시고요." 미녀가 대꾸하고 그를 소파로 알고 있었던 물건에 앉혔는데, 그것은 번개보다도 빠르게 일시에 무너져 버렸다. 그녀의 계략을 제대로 알고 있었던 나머지 여자들이 벌거벗은 채 욕조에서 솟구쳐 나와서 어찌나 인정사정없이 그네를 앞뒤로 밀어 댔는지, 그네는 허공을 빙그르르 날아 돔의 맨 꼭대기를 찍고 한 바퀴 돌았으며, 이 가련한 희생자에게서 숨을 쉴 힘을 모두 앗아가 버렸다. 때때로 그의 발은 물 표면을 요란하게 부서뜨렸고, 천창天窓에 부딪혀 하마터면 코가 뭉개질 뻔한 적도 있었다. 허공을 관통하고 있는 동안 대야가 날카롭게 쪼개지는 듯한 목소리로 아무리 비명을 질러 보았자 헛수고였다. 여자들의 떠들썩한 웃음소리에 묻혀 버리는 까닭이었다.

† 바테크 †

젊은 혈기에 완전히 취해 버린 누로니하르는 하렘의 평범한 환관들에게만 익숙해 있다가, 이토록 지독하고도 역겨운 장면은 어디서도 본 적이 없는 터에, 다른 여자들보다 한층 더 신이 났다. 그녀는 어떤 페르시아 시구를 바꾸어, 더할 나위 없이 점잖은 체하며 짜릿한 말투로 노래하기 시작했다.

"오, 다정한 하얀 비둘기야,
그대가 대기를 가르고 날아오르는 동안,
그대 사랑의 짝에게 친절한 눈길 한 번 내려 주렴.
아름다운 가락을 부르는 나이팅게일아,
나는 그대의 장미이니,
내 가슴을 감미롭게 할 시를 좀 지저귀려무나!"

후궁들과 그들의 노예들은 이 익살스러운 소동에 흥이 동해서 질리지도 않고 그네 옆에 있었는데, 그것은 그네를 지탱하던 줄이 끝내 갑작스럽게 끊어질 때까지였다. 바바발루크는 거북이처럼 버둥거리며 욕조 바닥에 곤두박질치고 말았다. 이 사고로 사방에서 일제히 비명이 터졌다. 지금까지 사람들이 알아차리지 못한 작은 문 열두 개가 일시에 열렸고, 여자들은 바바발루크의 머리에 수건을 모조리 던지고 불을 다 끄고 난 후에 부리나케 도망쳤다.

저 비참한 짐승은 물이 턱까지 차오른 채로 암흑 속에서 어찌할 바를 모르며 수건들에 둘러싸여 빠져나오지 못하고 있었다. 그럼에도 그의 고초를 보며 터져 나오는 웃음소리에는 위안을 삼을 수밖에 없었다. 그는 욕조에서 빠져나오려고 몸부림쳤지만 헛수고였다. 욕조 가장자리가 깨진 등에서 흘러나온 기름 때문에 무척 미끄러워서 아무리 힘껏 거슬러 올라가려 해도 소용이 없고, 첨벙대는 물소리만 돔의 공백을 꿰뚫고 울려 퍼졌다. 때마다 천둥같이 울리는 지긋지긋한 웃음소리는 두 배가 되었다. 이 장소가 저 여자들이 아니라 악마에 들렸다고 생각하게 된 바바발루크는 탈출을 포기하고 욕조 안에 머물렀다. 그는 그곳에 앉아 가끔씩 저주가 섞인 독백을 헛일 삼아 내뱉었다. 깃털 이불 위에 기대 누워 있던 심술궂은 이웃들에게는 그의 말이 한마디도 가닿지 못했다.

그는 이 우스꽝스러운 곤경 속에서 놀라움을 떨쳐내지 못한 채 아침을 맞이했다. 칼리프는 그가 보이지 않자 사방팔방으로 찾아보게 했다. 마침내 그는 린넨 더미에서 거의 질식해서, 뼛속까지 다 젖은 채로 물에서 건져 올려졌다. 그는 몸은 흐물흐물하고 이는 딱딱 부딪치면서, 도대체 무슨 일이냐고 묻는 주인 앞에 섰다. 칼리프는 어떻게 그렇게 이상한 곤경에 빠져 물에 절여지게 되었냐고 물었다.

"그러면 이 벼락 맞을 곳에는 왜 들어오신 겁니까?" 그가 무뚝뚝한 질문으로 대답을 대신했다. "인생에 대해서는 아무것도 모르는 흰 수염의 에미르 같은 작자 집에 후궁들을 데리고 꼭 방문하셨어야 합니까? 게다가 그 우아한 여인들이라니요, 참으로 넘치고 넘치더군요! 그들이 저를 불에 타버린 빵 껍질처럼 물에 담그고 평생처럼 길었던 밤 내내 저주받을 그네에 저를 태워 어릿광대처럼 춤추게 만든 사실을 상상할 수 있으시겠습니까! 몸가짐을 정숙하고 바르게 단속하라고 제가 그토록 가르쳤던 폐하의 후궁들이 따를 본보기로서 참으로 훌륭하지 않았겠습니까!"

이 모든 악담을 단 한 자도 이해할 수 없었던 바테크는 어떻게 된 일인지 소상히 밝히라고 다그쳤다. 하지만 이 비참하게 고통받은 자를 동정하기는커녕, 그네에 올라탔을 바바발루크의 모습을 상상하고는 벌렁 나자빠질 만큼 웃어젖혔다. 환관은 몹시 마음이 쓰라려서 꾸며서라도 존경심을 내비칠 생각조차 거의 남지 않았다.

"아, 웃으십시오, 나의 주인이시여! 웃으세요." 그가 말했다. "하지만 그 누로니하르라는 처자가 폐하에게도 수작을 부리기를 바랄 뿐입니다. 그 처자는 너무나 사악해서 왕의 위엄조차 봐주지 않을 테니까요."

당장은 움찔하는 듯했으나 칼리프에게 눈곱만큼의 여운도 주지 못한 말이었다. 하나 바바발루크의 말은 오래지 않아 그의 마음에 다시 떠오르게 된다.

파크레딘이 나타나 이 대화는 중단되고 말았다. 그는 바테크에게 기도와 세정식에 참석해 주겠냐고 요청하러 왔다. 그 풍요로움을 헤아릴 수 없는 강물에서 물을 공급받는 널따란 초원에서 거행되는 의식이었다. 칼리프는 물이야 상쾌하다고 생각했지만, 기도는 혐오스러울 만큼 넌덜머리가 났다. 하지만 끊임없이 오가는 칼렌더, 산톤, 데르비시❖ 무리들에게 주의를 돌리면서 기분을 풀었다. 하나 특히 브라만과 파키르❖❖들에게 마음이 끌렸다. 그들은 인도의 심장부에서 여행을 왔다가 여정 중에 에미르의 거처에 잠시 머무르던 중이었다.

이 파키르들에게는 모두 저마다의 특별한, 일종의 무언극 같은 수행 방법이 있었다. 한 사람은 가는 곳마다 몹시 커다란 쇠사슬을 끌고 다녔으며, 또 다른 사람은 오랑우탄을 대동했다. 세 번째 수도승은 회초리를 가지고 다녔다. 하나같이 주문 한 가지씩을 실현시키기 위한 행동이었다. 일부는 한 발은 공중에 뻗은 채 한 발로만 나무를 타고 올라갔다. 다른 수행승들은 불 위에 자리를 잡고 앉아 조금도 봐주는 법 없이 제 코를 찰싹찰싹 때렸다. 또 개중에는 해충을 애지중지하는 사람들도 있었는데, 이 벌

❖ 터키와 페르시아의 수행 탁발승, 이슬람교에서 종교적 수행을 하는 사람 혹은 성자, 수행 탁발승.
❖❖ 인도의 카스트 제도에서 최고위에 해당하는 승려 계급과 고행으로 수행하는 힌두교의 탁발승.

레들은 수도승의 애무를 가만히 받고만 있을쏘냐, 은혜를 갚겠다고 그들을 꽉 물어 주었다. 세상을 떠도는 이 광신자들은 이슬람교의 수도승들인 데르비시와 칼렌더, 산톤 들의 마음에 혐오감을 불러일으켰다. 하지만 칼리프가 나타나자 열성적일 정도였던 그들의 혐오감도 이내 잦아들었다. 이제 그분께서 그들의 어리석음을 치유하고 이슬람 신앙으로 개종시키겠거니 하는 희망이 생겼기 때문이다. 하지만 웬걸! 그들의 실망이 어떠 했을 것인가! 바테크는 그들에게 설교하는 대신, 광대들처럼 대하면서 비스노우와 익스호라❖에게 자신이 보내는 찬사를 전달하라고 명령하는가 하면, 세렌디브 섬❖❖에서 온 웬 작달막한 노인에게 특별히 구미가 당겨 좋아하는 것이 아닌가. 그 노인은 다른 그 어떤 수도승보다도 더 터무니없는 인사였다.

"이리 오너라!" 바테크가 말했다. "너희 신들의 사랑이 네 턱을 몇 차례 갈겨 나를 즐겁게 해주라고 하지 않더냐."

이 노인네는 그 말에 기분이 상해서 눈물을 짜며 큰 소리로 엉엉 울어 댔다. 하지만 그가 눈물 속에서 침을 흘리며 콧물까지 짜는 시늉을 하는 동안에, 칼리프는 등을 돌려 바바발루크가 하는 말에 귀를 기울였다. 바바발루크는 바테크의 머리 위로 양산

❖ 둘 다 힌두교의 신.
❖❖ 현재의 스리랑카를 이름.

을 받친 채 속삭였다. "폐하께서는 저로서는 무엇인지도 모를 이 무리, 여기다가 모아 놓으신 이 무리를 조심하셔야겠습니다. 그러니까 제 말씀은 폐하와 같은 막강한 군주에게 이런 구경거리를 꼭 보여 드려야만 하냐는 겁니다. 개보다도 비루한 원숭이들의 이런 촌극이 가당키나 합니까? 제가 만약 폐하라면, 에미르의 땅과 그의 하렘, 그의 이 모든 서커스를 한꺼번에 불태워 정화시키도록 명령하겠습니다."

"아니 이런 얼간이를 보았나!" 바테크가 대꾸했다. "그렇다면 이 모든 것이 나를 헤아릴 길 없이 매혹시킴을 알아 둬라. 그리고 이 신앙심 깊은 거지 탁발승들이 우글거리는 거처를 하나하나 모두 방문하기 전까지는 이 초원을 떠나지 않으리라는 사실도 말이다."

칼리프가 발길을 딛는 곳곳마다, 처량한 인간들이 벌떼처럼 둘러싸고 모여들었다. 소경, 반소경, 코가 없는 꾀쟁이, 귀가 없는 규수들, 그들은 하나같이 파크레딘의 후한 마음을 찬양했다. 그가 흰 수염의 수행원들을 데리고 다니며 그들 모두에게 고약과 습포를 공짜로 나누어 주었던 것이다. 그리고 정오에는 절름발이들의 장엄한 부대가 모습을 드러냈다. 얼마 지나지 않아서는 이들이 무리마다 소대를 이루어서 평원으로 나오기 시작했다. 유사 이래로 병약자들끼리 그토록 완벽하게 제휴가 된 적은 여태껏 없었을 것이다.

소경은 소경끼리 무리를 지었고, 다리가 성치 않은 사람들은 그들끼리 함께 했으며, 팔이 불구인 사람들은 하나만 남은 팔로 같은 처지인 사람들에게 신호를 보냈다. 엄청나게 큰 폭포 옆으로 귀머거리들이 떼를 지어 몰려들었다. 개중에는 페구❖에서 온 사람들이 있었는데, 보기 드물게 잘생기고 커다란 귀를 가졌으나 어쩐 셈인지 거기 모인 다른 귀머거리들보다 듣는 능력이 떨어졌다. 곱사등이와 목에 혹이 달린 사람들, 심지어는 근사한 광택의 뿔까지 단 사람들도 너무 흔해서 넘쳐 날 정도였다.

에미르는 저명한 방문객의 명예를 기리는 의미에서 축제를 더욱 장엄하게 꾸미기 위해, 온 잔디밭에 짐승 가죽과 식탁보를 깔라고 명령했다. 그 위에는 훌륭한 이슬람교도들을 위해 모든 자리에 필라프❖❖를 놓고 다른 이슬람교 정통 요리를 내놓으라고 지시했다. 그리고 수치마저 불사할 만큼 편견이 없는 바테크가 내린 다급한 분부에 따라, 나머지 사람들을 즐겁게 해줄 갖가지 혐오스러운 음식이 작은 접시에 담겨 나왔다. 이 군주는 쉬지 않고 움직이는 너무나 많은 입들을 보고 자신의 입을 쓸 때가 왔다고 생각했다. 그리하여 환관 우두머리가 갖은 반대를 하는데도 불구하고 즉석에서 차려진 저녁을 들기로 마음먹었다. 고분고분

❖ 버마 중부에 있는 도시.
❖❖ 버터에 고기, 야채 등을 넣은 볶음밥 요리.

한 에미르는 버드나무 아래 그늘에 상을 차리라고 즉시 명령했다. 첫 번째로 나온 음식에는 생선이 들어 있었는데, 드높이 솟은 언덕 발치에 황금 모래 위를 넘실대는 강에서 잡아 올린 것이었다. 생선은 잡자마자 곧바로 구워져 식초 양념에 시나이 산❖에서 자란 약초를 곁들여 대접되었다. 에미르의 손을 거친 모든 것은 훌륭하고 경건한 신앙에 들어맞았다.

후식이 채 준비되지 않은 참에 고원에서는 이웃 산에 부딪쳐 메아리로 반복되는 류트 소리가 들려왔다. 칼리프가 즐겁고 놀라운 기분에 젖어서 고개를 들어 올리자마자 재스민 한 줌이 얼굴로 떨어져 내렸다. 한껏 낄낄거리는 소리가 급기야는 신이 나서 까부는 소리로 이어졌다. 그러고는 수풀 사이로 우아한 자태를 한 젊은 여자 여럿이 곧바로 모습을 드러내더니 노루처럼 깡충거리며, 까불며 걸어왔다. 그들의 머리칼에서 뿜어나오는 향기에 바테크는 얼떨떨해져 버렸다. 황홀경에 빠진 그는 식사를 중단하고 바바발루크에게 말했다.

"저 창공에서 페리스❖❖들이 내려왔나? 특히 너무나 완벽한 자태를 한 저 여인을 보라지. 절벽 언저리에서 위험도 모르고 달리고 있구나. 그리고 오로지 물결치듯 우아한 의복 말고는 아무

....
❖ 모세가 십계명을 받은 곳으로 알려진 산.
❖❖ 페르시아 신화에 나오는 요정.

† 바테크 †

것에도 괘념치 않고 고개를 돌리는구나. 무엇에 저렇게 혹하고 안달이 나서 베일 때문에 수풀과 다툼을 벌이고 있나! 내게 재스민을 뿌린 게 저 여인일까?"

"아! 저 여자가 맞네요. 저 여자라면 폐하마저도 저 바위산 꼭대기에서 집어던질지도 모릅니다." 바바발루크가 대답했다. "왜냐하면 저 여자는 제 좋은 친구 누로니하르이니까요. 정말 친절하게도 제게 그녀를 빌려 준 바로 그 여인이지요. 친애하는 나의 주인이시자 군주시여." 그가 버드나무 끝에 걸린 작은 가지를 비틀면서 덧붙였다. "저 여인의 버릇을 고쳐 보겠습니다. 공경하는 자세를 배워야 할 여인입니다. 에미르로서도 딴죽을 걸 이유가 없을 것입니다. (그의 신심에는 제가 빚지고 있는 것이 맞습니다만) 이 산에 저 여자들 무리를 그대로 남겨둔 것만으로 책망받아 마땅합니다. 이 산의 날 선 공기가 그들의 피 속에 맹랑한 활기가 돌게 만들 테니까 말입니다."

"입을 닥쳐라. 불경한 자여!" 칼리프가 말했다. "저 여인에 대해 그런 말은 입에 담지도 마라. 자신의 산 위에 있는 저 여자에게 내 가슴이 기꺼이 사로잡혔으니. 오히려 내 눈이 그녀의 눈에게만 가서 머물 방법이나 궁리해 보아라. 그녀가 이 유쾌한 황야를 숨이 턱까지 차서 깡충거리는 동안 내가 그녀의 달콤한 숨결을 호흡할 길을 찾아보란 말이다!" 이렇게 말하면서 바테크는 고원을 향해 팔을 쭉 벌렸고, 조바심이 난 눈길은 전에 알지 못했던 미지의 여인을 향했으며, 그의 영혼을 매료시켜 버린 대상을 시야에 꼭 묶어 두려고 안간힘을 썼다. 그러나 그녀의 움직임은 캐시미어 같은 아름다운 푸른색 나비의 날갯짓만큼이나 종작이 없어서, 따라잡기가 여간 힘들지 않았다. 나비들의 날갯짓이란 더없이 변덕스럽거니와 보기에 진기하지 않던가.

보는 데만 만족하지 못한 칼리프는 누로니하르의 목소리 또한 듣기를 바랐고, 그녀의 목소리를 들으려고 열심히 몸을 돌렸다. 그는 마침내 덤불 뒤 그녀의 친구들과 그녀의 속삭임을 분간해 낼 수 있게 되었다. 그들이 재스민을 던졌던 바로 그곳이었다. "뭐 공평하게 말해야만 하겠으되, 칼리프 된 자를 실제로 보는 일이 멋지기는 하구나. 하지만 나의 작은 굴첸루즈가 훨씬 더 사랑스럽지. 그의 머리 타래는 인도 사람들의 풍요로운 자수보다 더 아깝지 뭐야. 내 손가락은 제국의 보고에서 가져온 가장 값진 반지보다 그의 이가 짓궂게 눌러 주는 편을 더 좋아한다고. 그를 어디다 내버려 두고 온 거야, 수틀레메메? 그리고 왜 그 애가 지금 여기에 없는 거지?"

칼리프는 잔뜩 동요가 되면서도 계속 듣고 싶었다. 그러나 그녀는 시종들을 데리고 곧 물러가 버렸다. 누로니하르에게 푹 빠져 버린 군주는 그녀가 시야에서 완전히 사라질 때까지 눈으로 그녀를 좇았고, 갈피를 잡지 못하는 무지몽매한 여행자처럼 멈출 줄 몰랐다. 길을 안내하던 별자리를 구름이 덮어 버려 헤매는 여행자처럼 말이다. 밤의 커튼이 그의 앞에 떨어져 버린 듯했다. 모든 것이 퇴색해 버린 것만 같았다. 떨어지는 물소리가 그의 영혼을 실의로 그득 채웠다. 일찍이 누로니하르로부터 받았다가 그의 불타는 가슴에 자리 잡아 버린 재스민 꽃 위로 눈물이 뚝뚝 들었다. 그는 반짝거리는 조약돌 하나를 잡아채서는, 사랑의 격발을 처음으로 느꼈던 장면을 되새겨 보려 했다.

어느덧 두 시간이 흘렀고, 그가 그곳을 떠날 마음을 간신히 먹기 전에 저녁이 이미 차려져 있었다. 그는 자꾸 그 자리를 떠 보려고 애썼지만 수포로 돌아가고 말았다. 울적함이 정신의 힘을 앗아가 버렸다. 그는 냇가에 다다르자 푸르른 산 정상 위로 눈길을 향하고는 부르짖었다. "그대 뒤에 무엇을 감추어 놓았는가? 그대의 고독 안으로 무언가 지나가는 것이 없던가? 그녀는 어디로 가버렸나? 오 하늘이시여! 어쩌면 그녀는 행복한 굴첸루즈와 함께 그대의 바위굴들을 배회하고 있을지도 모르지!"

한편 축축한 습기가 대지에 내려앉기 시작했고, 앉으나 서나 발을 동동 구르며 칼리프의 건강을 걱정하던 에미르가 황제의 가마를 가져오도록 명령했다. 공상에 송두리째 정신이 팔린 바테크는 깨닫지 못하는 사이에 옮겨져서 전날 밤 그를 맞이했던 방으로 가 있었다.

하지만 우리는 여기서 새로운 정열에 열중해 있는 칼리프는 잠시 내버려 두고, 바위들 뒤의 누로니하르를 따라가 보자. 그곳에서 그녀는 사랑스러운 굴첸루즈와 다시 해후했다. 이 굴첸루즈는 에미르의 형 되는 알리 핫산의 아들로, 세상이 빚어낸 가장 섬세하고 사랑스러운 피조물이었다. 미지의 바다로 항해를 떠나 10년째 이곳을 비운 알리 핫산은 많은 사람 중 유일한 생존자였던 이 아이를 아우의 보살핌과 보호에 맡기고 떠났다. 굴첸루즈는 다양한 문자를 정확하게 쓸 줄 알았으며, 공상이 빚어낼 수 있는 가장 우아한 아라베스크를 송아지 피지에 그려 냈다. 그의 달콤한 목소리는 가장 고혹적인 방식으로 류트와 어우러졌고, 메그눈과 레일레의 사랑 혹은 고대의 다른 불행한 연인들에 관한 노래를 부를 때면, 청중의 뺨 위로 눈물이 줄줄 흘렀다. 그가 지은 시(메그눈과 마찬가지로 그도 시인이었다)는 저항할 수 없는 크나큰 번민을 불러일으켜서 여인의 가슴에는 너무나 자주 치명적인 결과를 낳았다. 여자들이란 여자들은 모조리 그를 맹목적으로 사랑했다. 그들은 그가 열세 살을 넘겼음에도 하렘 안에 여전히 묶어 두었다. 그의 춤은 봄의 미풍에 실려 거미집을 짜듯 가벼웠지만, 함께 춤추는 여자들의 팔과 너무나 우아하게 짝을 이루는 그의 팔은 추격전에서 창을 던질 수도, 삼촌의 영토에서 방목하는 준마들의 고삐를 맬 수도 없었다. 하지만 어떤 목표를 겨누고 활을 당기면, 그러니까 누로니하르와 그를 연결하는 끈을 끊을 수도 있는 시합에서라면 경쟁자들을 능가했다.

두 형제는 자식들을 서로 약혼시켰고, 누로니하르는 사촌을 제 눈보다도 더 사랑했다. 둘은 같은 취향과 오락, 같은 갈망, 똑같이 연약한 외모와 삼단 같은 머리칼, 똑같이 아름다운 용모와 살결을 지녔고, 굴첸루즈가 사촌의 드레스를 입고 나타날라 치면 심지어는 누로니하르보다도 더 여자 같아 보였다. 혹시 하렘을 떠나 파크레딘을 방문하기라도 하면, 그는 어미의 굴에서 모험을 해보겠다고 나선 새끼 사슴처럼 온통 수줍어 어쩔 줄을 몰라 했다. 하지만 그는 엄숙한 흰 수염의 노인들을 골려먹을 만큼 맹랑하기도 했다. 그렇다고 가만히 있을 원로들도 아니어서, 그가 그런 짓을 할 때면 한 치의 자비도 없이 따끔하게 야단을 치지 않고서는 그냥 넘어가지 않았다. 이런 일이 일어날 때마다 그는 하렘의 후미진 곳에 콕 박혀서 흐느끼며, 누로니하르의 품을 피난처 삼았다. 누로니하르는 다른 사람들의 미덕보다도 그의 결점을 더 사랑했다.

 칼리프를 초원에 남겨 두고 떠난 그날 저녁이었다. 그녀는 굴첸루즈와 함께 산 위 푸른 초원을 달렸다. 그곳은 파크레딘이 거주하기로 선택한 골짜기를 품고 있는 산이었다. 태양이 지평선 가장자리 위로 퍼져 가고 있었고, 생기발랄하고 창의적인 공상을 품은 이 젊은이들은 아름다운 구름 사이로 샤두키암과 암베라바드의 돔 서쪽 편을 보고 있다고 상상했다. 그곳은 페리✢들이

✢ 페르시아 신화에 등장하는 아름답고 선한 요정.

제 거처로 삼고 있는 곳이었다. 산비탈에 앉은 누로니하르는 굴첸루즈의 향기로운 머리를 자기에게 기대게 했다. 바람은 잠잠했으며, 아래쪽 냇물에서 시원한 물을 길어 올리는 젊은 여자들의 목소리 말고는 어떤 소리도 들리지 않았다. 예기치 않게 방문한 칼리프와 그의 출현을 알리는 장려한 행렬로 인해 누로니하르의 정열적인 영혼은 이미 감동으로 채워진 터였다. 그녀의 허영심은 군주의 관심을 끌고 싶은 억누를 수 없는 감정을 불러일으켰다. 그리고 이것에 대해서는 그녀가 던진 재스민을 그가 집어 올렸을 때 이미 조치를 해둔 셈이었다. 하지만 굴첸루즈가 그녀의 가슴을 위해 골라 두었던 꽃들에 관해 물었을 때 누로니하르는 당황하고 말았다. 그녀는 서둘러서 그의 이마에 입을 맞추었고, 허둥대며 일어나서는 벼랑가를 비틀거리며 걸었다. 밤이 다가왔고, 순전한 황금색으로 지던 해가 피처럼 붉게 변했다. 마치 불타는 화덕을 반사한 듯 보이던 그 빛은 생기 넘치는 말간 안색에 홍조를 보탰다. 굴첸루즈는 사촌이 안절부절못하는 것에 간을 졸이며 간곡한 어조로 말했다.

"가자. 하늘이 심상치 않아 보이고, 위성류渭城柳가 평소보다 더 떨고 있어. 쌀쌀한 바람에 심장 가장 깊숙한 곳이 으스스해지는구나! 가자. 우울한 밤이야!"

그러고 나서 그녀의 손을 잡고서는 그녀가 간절히 바라던 길로 이끌었다. 누로니하르는 무심결에 자신을 끌어당기는 곳으로 이끌려 가고 있었다. 천 가지 이상한 상상이 영혼을 온통 사로잡아 버렸기 때문이었다. 그녀는 둥그렇고 커다랗게 무리지어 있는 인동덩굴을 지나쳤다. 그곳은 그녀가 가장 좋아하는 휴식처였는데도 눈길 한 번 주지 않고 지나쳤다. 하지만 굴첸루즈는 뒤에서 들짐승이 쫓아오기라도 하는 듯 황급히 달리는 와중에도 가는 길에 꽃가지 몇 개를 꺾지 않고는 배길 수 없었다.

젊은 여자들은 아주 황급하게 다가오는 그를 보았고, 으레 그러하듯 춤을 추려는 줄 알고 곧장 동그란 원을 만들고는 서로서로 손을 잡았다. 그러나 굴첸루즈는 숨이 턱까지 찬 채로 와서는 풀밭 위에 바로 쓰러지고 말았다. 이 사고로 이 쾌활한 무리에 경악이 휩쓸고 갔다. 한편 격한 운동과 생각들로 머릿속이 시끄러워 반쯤 넋이 나갔던 누로니하르가 이윽고 제정신을 찾고, 그의 옆에 힘없이 풀썩 주저앉았다. 그러더니 그의 차가운 손을 제 가슴에 보듬고 그의 관자놀이에 향기 나는 연고를 발라 쓸어 주었다. 그가 마침내 정신을 되찾고 사촌의 겉옷에 머리를 파묻고는 하렘으로 돌아가지 말라고 애원했다. 그는 가정교사인 샤반에게 꾸지람을 듣지 않을까 걱정했다. 샤반은 무뚝뚝한 성질에 주름이 자글자글한 늙은 환관이었다. 굴첸루즈는 자기가 누로니하르의 정해진 산보 일정을 방해했으니, 그 무지렁이가 성을 내지는 않을까 두려움에 떨었다. 이 쾌활한 무리는 이끼투성이의 둔덕에 둥그렇게 모여앉아서 다양한 소일거리로 기분 전환을 하기 시작했다. 한편 그들의 감독자인 환관들은 저 멀리서 무거운 분위기로 이야기를 나누고 있었다. 에미르 딸의 유모는 제가 돌보는 아이가 눈길을 떨어뜨리고 깊은 생각에 잠겨 앉아 있는 모습을 보고 기분을 돌릴 만한 이야기로 즐겁게 해주려고 애를 썼다. 애초의 불안은 이미 까맣게 잊어버린 굴첸루즈가 이야기에 푹 빠져 숨을 죽이고 들었다. 그는 웃고 손뼉을 쳤고, 무리의 누구에게랄 것도 없이 백 가지 자잘한 장난을 쳐댔다. 그는 거기에 환관들도 빠뜨리지 않았다. 그들이 늙은 나이와 노쇠해 버린 몸에도 불구하고 자기를 잡으러 쫓아오게 만들었다.

　이런 일이 벌어지는 동안에 달이 둥실 떠오르고 바람이 잠잠해지며 밤은 너무나 평온하고 매혹적인 분위기가 되었다. 그리하여 그 자리에서 저녁을 들기로 결정이 났다. 샐러드에 얹을 드레싱을 만드는 솜씨가 뛰어난 수틀레메메는 커다란 그릇들에다가 작은 새알과 귤 즙을 넣어 응고시킨 치즈, 썰어 낸 오이, 풍미 좋은 약초의 가장 안쪽에서 따낸 잎을 가득 채우고 하나하나씩 그릇을 돌렸다. 그리고 커다란 수저로 각자 떠먹게 했다. 평소대로 누로니하르의 품에 편하게 자리를 잡은 굴첸루즈는 수틀레메메가 권하는 음식은 작은 선홍색 입술을 삐죽거리며 마다하고, 오로지 사촌이 건네는 것만 먹으려고 했다. 그는 꽃의 정수에 도취해 버린 벌처럼 그녀의 입에 매달려 있었다. 환관 한 명이 멜론을 따려고 달려가고, 다른 환관들은 이 사랑스러운 무리의 머리 위에 달려 있는 가지에서 아몬드를 털어 내라는 분부를 받았다.

　이 들뜬 장면이 한창인 중에, 가장 높은 산의 꼭대기에 빛이 나타났고, 모든 사람의 눈이 그곳으로 쏠렸다. 이 빛은 꽉 찬 달 못지않게 밝았거니와, 만약 달이 이미 떠 있지 않더라면 달을 대신해도 될 정도였다. 이 신기한 일로 사람들이 하나같이 놀랐다. 아무도 그게 어떻게 벌어진 일인지 추측할 수 없었다. 불일 리는 없었다. 왜냐하면 그것은 맑고 푸르스름했기 때문이다. 아니면 유성일 리도 없었는데, 그렇게 휘황찬란하고 광대한 빛을 내는 유성은 일찍이 없었기 때문이다. 이 기이한 빛은 잠깐 잦아드는가 싶더니, 곧장 밝음이 되살아났다. 처음에는 꼭대기 바위의 발치에서 꼼짝 않고 있는 듯이 보이더니, 눈 깜짝할 새 야자나무 숲에 가서 번쩍거렸다. 그러더니 급류를 타고 미끄러져 내려와 좁고 어두운 협곡에 가서는 마침내 멈추었다. 갑작스럽거나 진귀한 것이면 무엇이 됐건 간에 가슴이 부들부들 떨리는 굴첸루즈는 빛이 방향을 잡고 가던 그 순간에 누로니하르의 옷자락을 잡아끌면서 하렘으로 돌아가자고 불안해하며 졸랐다. 여자들도 동참하여 끈질기게 간청했지만, 에미르 딸의 호기심이 그들의 애원보다 강했다. 그녀는 돌아가기를 거부했을 뿐더러, 그 현상을 쫓기 위해 위험을 무릅쓰기로 작정했다. 그들이 무엇이 최선일지 입씨름을 벌이는 와중에, 빛이 별안간 너무나 아찔한 섬광을 쏘아 대는 바람에 모두 비명을 지르며 도망치기 시작했다.

누로니하르는 몇 걸음인가 그들을 따라갔으나, 어떤 작은 샛길에 이르러 걸음을 멈추고 홀로 되돌아왔다. 특별히 조심하며 달리는 동안, 방금 전 저녁 식사를 들었던 곳으로 오는 데까지는 얼마 걸리지가 않았다. 동그란 불덩어리가 이제는 협곡에 멈추어 위풍도 당당하게 버티며 불타오르고 있었다. 누로니하르는 손을 가슴에 꼭 누른 채 앞으로 나아가지 못하고 잠깐 주저했다. 그녀로서는 이런 상황에 외로이 혼자 있는 것은 전에 없던 일이었다. 밤의 정적은 소름이 끼쳤으며, 모든 사물이 예전에는 결코 느껴 보지 못한 감각을 불러일으켰다. 굴첸루즈가 느꼈던 경악과 공포가 그녀의 마음에서도 일어났다. 그리고 그녀는 돌아가려고 천 번은 몸을 돌렸다. 그러나 이 번쩍이는 물체가 언제나 그녀보다 한 발 앞섰다. 그녀는 버틸 수 없는 충동에 쫓겨 전진을 가로막는 온갖 장애물을 무릅쓰고 계속 빛을 향해 나아갔다.

마침내 그녀는 협곡 입구에 도달했다. 하지만 빛을 향해 가는 대신에, 어둠에 둘러싸인 제 자신을 발견했다. 엄청난 거리에서 어렴풋한 불꽃이 이따금씩 명멸할 뿐이었다. 그녀는 일거에 멈춰 섰다. 웅얼거리는 폭포 소리가 야자수 가지 사이로 공허하게 바스락거리는 소리와 갈라진 나무 틈에서 침울하게 부르짖는 새 소리에 섞여 들었다. 이 모든 것이 그녀를 공포로 가득 채우는 데 일조했다. 그녀는 매 순간 독 품은 파충류를 밟고 지나가는 것이 아닌가 하는 상상에 치를 떨었다. 심술 맞은 괴물들인 디베들과 으스스한 굴*들이 들려준 모든 이야기가 기억 속으로 밀려들었다. 그럼에도 불구하고 호기심은 공포를 앞질렀다. 그리하여 그녀는 불꽃을 향해 휘휘 굽은 길에 단단히 각오를 하고 들어섰다. 길이 너무나 낯설다 보니, 미처 얼마 가지도 않아서 제 성급함을 후회하기 시작했다.

"아아!" 그녀가 말했다. "굴첸루즈와 함께 밤이 미끄러지듯 춤추는 안전하고 환한 내 거처에 있었다면! 사랑스러운 아이여! 그대가 나와 마찬가지로 이 야생을 혼자서 헤맨다면 그대 가슴이 얼마나 공포로 들썩였을까!" 이 말을 마치면서 그녀는 다시 길을 잡아서, 바위를 깎아 만든 계단에 도착했다. 그러고는 기세 좋게 올라갔다. 이제는 점차 커지고 있던 빛이 산 정상 위 그녀의 머리 위로 모습을 드러냈다. 마침내 어딘가 큰 굴 같은 곳에서 흘러나오는 듯한 구슬프고도 아름다운 가락의 합창이 들려왔다. 그것은 무덤 위에서 부르는 장송곡처럼 들렸다. 물을 가득 채운 욕조 속에서 듣는 듯한 소리면서도 동시에 귀를 날카롭게 때렸다. 그녀는 계속해서 올라갔고, 암석의 갈라진 틈으로 이곳저곳에서 활활 타오르고 있는 커다란 밀랍 횃불을 발견했다. 그렇게 마련된 광경이 그녀를 두려움으로 가득 채우는 동안, 횃불

❖ ghoul. 전설 등에서 사람 시체를 먹는 악귀.

이 발산하는 미묘하고도 강한 향 때문에 굴 입구에서 정신이 혼미해져 몸이 축 늘어지고 말았다.

그녀는 이런 비몽사몽 중에 물을 가득 채운 커다란 황금 수조를 보았다. 그것이 뿜어내는 수증기가 그녀의 얼굴에 장미가 결정結晶된 이슬을 방울방울 맺히게 했다. 굴속에서 부드러운 심포니가 울려 퍼졌다. 그녀는 수조 옆에 놓여 있는 왕권을 나타내는 장식물, 왕관들, 백로 깃털을 보았다. 곳곳이 홍옥으로 빛나고 있었다. 그녀가 이 장려한 전시품에 주의를 다 빼앗긴 사이에 음악이 멈추고 한 목소리가 이렇게 물었다.

"어떤 군주를 위해 이 횃대들에 불을 붙이고 목욕물을 준비하고, 지상의 통치자들뿐만 아니라 심지어 불가사의한 힘들의 소유이기도 한 이 의복을 마련해 놓았겠는가?"

이 말에 두 번째 목소리가 답했다. "에미르 파크레딘의 매혹적인 딸을 위해서지."

첫 번째 목소리가 대꾸했다. "물러 빠져서는, 기껏 해봤자 나약한 남편밖에 되지 못할 경박한 꼬맹이와 노닥거리며 시간을 허비하는 저 하찮은 아이를 위해서라고?"

다른 목소리가 또 끼어들었다. "이 세상의 주권자이신 칼리프께서 그녀에 대한 사랑으로 불타오르는 와중이긴 하나, 그녀가 그런 공허하고 시시한 일로 즐기지 못할 일이 뭔가? 그분은 아담 전의 술탄들이 가졌던 보물을 즐기도록 운명 지어져 있고,

키가 6피트나 되는 군주이며, 지금 그 눈은 한 여인의 가장 깊숙한 영혼에 대한 생각만으로 가득 차 계시지. 그러니 아니다! 그녀는 충분히 현명해서, 그분의 그런 열정만으로도 자신의 영광을 크게 하리라고 대답할 게야. 틀림없이 그러리라. 그리고 그녀의 그 부질없는 꼭두각시는 경멸하고 말 테니. 그러면 지암시드❖의 홍옥을 비롯해 이곳이 품고 있는 모든 재보가 그녀의 소유가 될 거야."

"거, 말 한번 똑바로 하는구먼." 첫 번째 목소리가 말을 받았다. "그렇다면 나는 서둘러 가서 혼인할 쌍을 맞이하기 위해 지하 궁전의 불을 준비해야겠군."

목소리들이 멈추었고 횃불이 꺼졌으며 세상없이 칠흑 같은 어둠이 뒤따랐다. 그리고 누로니하르가 깜짝 놀라 정신을 차려 보니, 아버지의 하렘 안 소파에 뉘어져 있었다. 그녀가 손뼉을 치자 굴첸루즈와 시녀들이 한몸이 되어 득달같이 달려왔다. 그들은 그녀를 잃어버린 데에 절망해서 환관들을 급파해 사방팔방으로 찾아다닌 터였다. 샤반은 나머지 환관들과 나타나, 엄한 어조로 그녀를 힐책했다.

"이 조그맣고 건방진 분 같으니," 그가 말했다. "어디서 부정한 열쇠라도 구한 겁니까? 아니면 자물쇠 여는 도구를 준 어느

❖ 현재 바테크 일행이 향하고 있는 이스타카르를 다스린 페르시아의 왕.

수호신의 사랑이라도 받았나요? 당신의 힘이 어디까지 미치는지 시험 한번 해봅시다. 당신의 방으로 오세요! 두 개의 천창을 통해서. 굴첸루즈를 대동할 기댈랑 꿈에도 하지 말아요. 속히 움직이세요! 저 이중 탑에 가둬 두려니까."

환관의 으름장에 누로니하르는 분연히 고개를 들고, 황홀했던 동굴에서의 중요한 대화 이래로 더 커진 검은 눈을 샤반을 향해 부릅떴다. 그러고는 말했다. "가라. 그런 말은 노예들한테나 하란 말이다. 그리고 법을 만들고 자기 권력을 모든 이에게 행사하는 사람에게 공손하게 구는 법을 배워라."

그녀가 같은 식으로 말을 잇고 있는데, 갑작스러운 외침이 들려와 중단되었다. "칼리프예요! 칼리프가 오십니다!" 커튼이 일제히 걷혔고, 노예들이 이 열로 겹쳐 서서 부복했다. 그동안 가련하고 어린 굴첸루즈는 소파 아래 틈에 몸을 숨겼다. 처음에 흑인 환관들이 열 지어 모습을 드러냈다. 그들 다음으로 금 자수를 놓은 모슬린 옷을 입은 수행원단이 상쾌한 알로에 향을 내뿜는 향로를 받쳐 들고 지나쳤다. 다음으로는 바바발루크가 점잔을 빼며 그 방문이 과히 탐탁지 않다는 듯 고개를 뒤로 젖히며 걸어왔다. 그 바로 뒤에 바테크가 더없이 훌륭하게 차려입고 오고 있었다. 그의 걸음걸이는 거칠 것 없이 느긋하고 위엄이 있었다. 그리고 설령 이 세상의 주권자가 아니라 하더라도 그의 풍채는 경탄을 자아내게 했다. 그는 고동치는 가슴을 안고 누로니하르

† 바테크 †

에게 다가갔고, 그녀의 빛나는 눈이 마구 뿜어대는 찬란한 광채에 넋이 나간 듯 보였다. 전에도 몇 번 쳐다보지도 않고선 그 눈에 사로잡혔었다. 그러나 그녀는 그 자리에서 눈을 내리깔았고, 혼란스러워하는 모습이 아름다움을 한층 돋보이게 했다.

이런 야릇한 일의 본성에는 아주 정통하며 최고의 얼굴과 함께 최악의 게임이 벌어질 것을 알고 있던 바바발루크는 모든 이에게 물러나라는 신호를 보냈다. 그리고 소파 아래서 삐져나온 어린 소년의 발을 알아보자마자, 법석을 떨 일도 아니라는 듯이 끌어내서 어깨를 잡아 일으켜 세우고는 쫓아내면서 기분 나쁘게 수도 없이 토닥거렸다. 굴첸루즈는 부르짖으면서 볼이 활짝 벌어진 석류 열매처럼 빨개질 때까지 저항했다. 눈에 고이기 시작한 눈물은 비분의 섬광을 쏘아 댔다. 그는 누로니하르에게 의미심장한 눈길을 던졌고, 그것을 알아본 칼리프가 물었다. "이 아이가 그러니까 너의 굴첸루즈더냐?"

"세상을 통치하시는 분이시여." 그녀가 대답했다. "내 사촌을 어여삐 봐주옵소서. 순수하고 상냥한 이 아이에게 폐하의 분노는 가당치 않습니다."

"마음 놓아라." 바테크가 미소를 지으며 말했다. "이 아이는 사람들이 잘 돌봐 줄 테니까. 바바발루크는 어린아이들에게 정이 깊고, 아이들을 위해서는 사탕과자와 당과를 꼭 준비해 놓고 있지."

파크레딘의 딸은 당혹스러워 어찌할 바를 몰랐고, 한 마디 말도 못하고 끌려 나가는 굴첸루즈를 보며 마음이 괴로웠다. 가슴에 회오리가 몰아쳐 그녀의 혼란이 드러나 버렸다. 이에 바테크는 그예 모자랐는지 전보다 더한 열정에 휩싸였고, 광란에 제 마음을 내주고 말았다. 그리하여 가까스로 유지하고 있던 어렴풋한 저항마저 어쩌지 못하고 풀어 버리고 말 태세였다. 그때 에미르가 느닷없이 들이닥쳐 칼리프 발치의 바닥에 얼굴을 조아리고 말했다.

"믿는 자들의 사령관이시여! 한낱 비루한 노예에게 당신의 품위를 떨어뜨리지 마옵소서."

"아니다, 에미르." 바테크가 대꾸했다. "나는 이 아이를 나와 대등하게 올려놓으려고 한다. 그러니까 그녀를 내 아내로 선포하는 바이며, 너희 종족의 영광이 대대손손 뻗치리라."

"아아! 나의 군주시여." 파크레딘이 제 영예로운 수염을 쥐어뜯으며 말했다. "폐하의 충성스러운 종인 제가 자신의 말을 어기게 하느니 차라리 살아갈 날을 줄여 주십시오. 아이의 손이 분명하게 표시하거니와, 누로니하르는 굴첸루즈에게 정식으로 언약이 되어 있는 몸입니다. 굴첸루즈는 제 형님인 알리 핫산의 아들입니다. 둘은 또한 가슴으로부터 합쳐져 있고, 그들의 믿음은 서로에게 굳게 서약이 되어 있습니다. 그들의 약혼은 너무나 신성해서 깨뜨릴 수가 없습니다."

"아니 그러면!" 칼리프가 퉁을 놓았다. "대관절 그녀보다도 더 여자 같은 남편에게 신이 주신 아름다움을 내줄 셈인가? 내가 그토록 덜 떨어지고 겁만 집어먹은 작자의 손에 그녀의 매력이 타락하는 모습을 보고만 있으리라고 설마 상상하는 건 아니겠지? 안 될 말이야! 그녀는 내 품 안에서 인생을 살게 운명 지어져 있느니. 그것이 나의 뜻이다. 물러가라. 그리고 내가 그녀의 마법에 경배를 보내는 시간을 방해하지 말라."

안달이 난 에미르는 언월도를 꺼내어 바테크에게 내보이고는 제 목에 가져다대며 굳은 어조로 말했다. "나의 군주시여, 불행에 빠진 이 집 주인을 치십시오! 예언자의 대리인이 환대의 전례 典禮를 범하는 것까지 보았으니, 이 늙은이는 살 만큼 살았습니다."

제 열정의 갈등을 더 이상 버틸 힘이 없어진 누로니하르는 아버지가 내뱉는 말에 그만 졸도하고 말았다. 그녀의 목숨이 끊어질까 더럭 겁이 나기도 하고 제 뜻을 반대하는 데에 불같이 화가 나기도 한 바테크는 파크레딘에게 딸을 돌보라고 명령한 후 불행에 빠진 그를 예의 무시무시한 눈길로 쏘아보면서 자리에서 물러났다. 에미르는 죽음의 늪만큼이나 차가운 땀에 흠뻑 젖어 별안간 뒤로 자빠졌다.

바바발루크의 손아귀에서 도망쳐 곧바로 돌아온 굴첸루즈는 있는 힘껏 도와 달라고 외쳤다. 그 자신만으로는 어찌 해볼 힘이 없었던 탓이다. 얼굴은 창백하고 숨은 헐떡거리면서, 이 불쌍한 아이는 누로니하르를 계속 어루만지면서 소생시키려고 애썼다. 그리고 그의 피 끓는 입술의 온기가 그녀의 생명을 마침내 다시 불러들였다. 파크레딘 또한 칼리프의 그 무시무시한 응시에서 회복되어 비트적거리며 어렵사리 의자에 앉았다. 그는 이 위험 천만한 군주가 사라졌는지 확인하기 위해 사방을 주의 깊게 살펴본 다음, 샤반과 수틀레메메를 불러오게 했다. 그리고 그들에게 따로 말하기를,

"나의 친구들이여! 지독한 악에는 지독한 처방이 필요하다. 칼리프는 나의 가족 안에 황폐와 공포를 가져다 놓았다. 그리고 우리가 어찌 그의 힘에 대항할 것인가? 그의 응시를 또 한 번 받는 날이 내가 무덤으로 가는 날이다. 그러니 데르비시가 아르칸에서 내게 가져다준 마취 분말을 가져오너라. 사흘간 효력이 가는 그 약 한 첩을 이 아이들에게 꼭 복용시켜야 한다. 칼리프는 이 아이들이 죽었다고 믿을 것이다. 이 아이들은 죽은 자의 모습처럼 보일 테니 말이다. 그러면 우리는 위대한 모래사막 입구, 내 난쟁이들의 오두막집 근처인 메이무네 동굴에다가 이들을 묻으러 가는 것처럼 꾸밀 것이다. 모든 구경꾼들이 물러나고 나면, 자네 샤반과 선별된 환관 네 명은 그들을 호수로 옮겨라. 그곳에는 그들을 한 달 동안 먹여 살릴 식량이 준비되어 있을 것이다. 그러니까 하루쯤은 이 일이 일으킬 놀라움을 감안해서 빼놓아야

할 거야. 닷새는 눈물로 흘러갈 테고, 2주간은 자신을 탓하며 보낼 것이다. 나머지 날들은 여행길을 재개할 준비를 하겠지. 그리하여 내 계산에 따라 바테크가 여기에 묵을 기간이 전부 채워지는 것이다. 그러고 나면 나도 그자의 간섭에서 놓여나게 될 것이다."

"주군의 계획은," 수틀레메메가 말했다. "효과를 내기만 한다면 아주 좋겠군요. 저는 그렇지 않아도 누로니하르가 칼리프의 응시를 아주 잘 견뎌 내는 것을 보았습니다. 그리고 칼리프로서도 그 지독한 응시를 누로니하르에게도 보낼 마음은 없다는 것도 알겠고요. 그러므로 굴첸루즈에 대한 깊은 애정에도 불구하고, 누로니하르는 바테크가 여기 있다는 사실을 아는 동안에는 절대 얌전히 있지 못할 겁니다. 그러니까 우리가 그녀와 굴첸루즈 둘 다 정말로 죽었다고 믿도록 설득하지 못하면 말입니다. 그들의 사랑이 원인이 된 작은 실수들에 대한 값을 치르려면 죽어서 저 바위산에 한동안 있어야 한다고 설득하겠습니다. 우리도 절망 속에 자살을 해버려서 이 세상 사람이 아닐 것이라는 점도 알려야겠지요. 그리고 당신의 난쟁이들, 그 아이들이 아직 한 번도 본 적 없는 난쟁이들이 흥을 돋우는 유쾌한 설교를 들려주는 겁니다. 저는 모든 것이 당신의 소망에 어긋남이 없이 이루어지도록 조치하겠습니다."

"그리 하도록 하라!" 파크레딘이 말했다. "내, 네 의견을 승인하겠노니, 계획이 성사되도록 촌각이라도 지체하지 말자."

 그들은 한시도 머뭇거리지 않고 서둘러 마취 분말을 찾아 셔 벗에 섞은 다음, 곧바로 굴첸루즈와 누로니하르에게 마시게 했 다. 한 시간이 채 되기도 전에 그들은 맹렬하게 고동치는 가슴을 부여잡았고, 곧이어 온몸이 점차 마비되어 갔다. 그들은 칼리프 가 자리를 뜬 이래로 계속 있던 바닥에서 일어나 소파로 올라가 서는 몸을 축 늘어뜨린 채 서로 꼭 끌어안았다.

 "나를 품어 줘, 내 사랑하는 누로니하르여!" 굴첸루즈가 말했 다. "내 가슴에 그대의 손을 얹어 줘. 가슴이 꼭 얼어 버린 것처 럼 느껴지니까. 아아! 그대도 나만큼이나 차갑구나! 칼리프가 그 무시시한 응시로 우리를 살해한 것일까?"

 "나는 죽어 가고 있어!" 그녀가 기운이 다 빠져 가는 목소리 로 외쳤다. "나를 꼭 안아 줘. 난 숨을 거둘 준비가 되어 있으니 까!"

 "우리 함께 죽자." 발작적인 한숨에 힘겹게 호흡을 이어가면 서 어린 굴첸루즈가 대답했다. "적어도 그대의 입술에 내 영혼을 불어넣게 해줘!" 그들은 더 이상 말하지 않았고, 죽은 것이나 마 찬가지가 되었다.

 당장에 세상이 생긴 이래로 가장 크게 귀청을 찢는 울부짖음 이 하렘을 뚫고 울려 퍼졌고, 샤반과 수틀레메메는 실의에 빠진 인물 역할을 맡아 아주 솜씨 있게 연기를 해냈다. 그렇지 않아도 그런 내키지 않는 방편을 쓸 수밖에 없었음을 충분히 분해하며, 이제 처음으로 자신이 만든 마취 분말을 시험해 본 에미르는 비통을 가장할 필요도 없었다. 온 구역에서 몰려든 노예들은 제 앞에 놓인 광경에 꼼짝도 하지 않고 서 있었다. 두 개만 남겨 놓고 모든 등이 꺼졌는데, 그 두 개의 불빛이 이 사랑스러운 꽃들의 얼굴 위로 파리한 미광을 드리우고 있었다. 두 얼굴은 인생의 봄날 속으로 희미하게 사라져 가는 것만 같았다. 수의가 마련되었고, 그들의 몸은 장미 꽃잎을 띄운 물로 씻기어졌다. 사람들은 그들의 삼단같이 아름다운 머리칼을 땋고 향료를 발랐으며, 눈꽃보다도 더 하얀 수의를 입혔다. 시종들이 그들의 이마 위로 평소에 가장 좋아하던 재스민 화관을 씌우는 순간, 바로 그때 막 이 비극적인 재앙을 들은 칼리프가 도착했다. 그는 밤에 무덤들 사이를 배회한다는 얼굴들은 저리 가라 할 정도로 창백하고 초췌해 보였다. 제 자신과 나머지 모든 사람들을 까맣게 잊은 채, 그는 노예들의 한복판을 뚫고 지나쳐서 아이들이 있던 소파 밑에 쓰러져 엎드렸다. 그는 가슴을 치며 자신을 탓했다. "극악한 살인자여!" 그러고는 고개를 하늘로 들어 천 가지 저주를 빌었다. 누로니하르의 얼굴을 덮은 베일을 떨리는 손으로 들어 올린 그는 외마디의 커다란 비명을 지르며 바닥에 쓰러져 혼절했다. 환관장이 지독하게 얼굴을 찌푸리며 그의 몸을 끌었고, 떠나면서 되뇌었다. "아, 그러게 그녀가 뭔가 불경한 짓으로 당신을 농락할 거라 제가 예견하지 않았습니까!"

칼리프가 사라지자마자, 에미르는 관을 가져오라고 명령하고 하렘 안으로는 누구도 들어오지 말라고 금했다. 모든 창문의 빗장이 걸렸고, 모든 악기가 부서졌으며, 이맘✤들이 기도를 읊기 시작했다. 이 구슬픈 날이 끝나가는 때에 바테크는 입을 다물고 흐느껴 울었다. 그의 분노와 절망이 불러일으킨 발작은 진정제로 누그러뜨리는 수밖에 없었다.

이튿날 아침 동틀 무렵에 궁궐의 널따란 접이문이 양쪽으로 열렸고, 장례 행렬이 산을 향해 움직이기 시작했다. "라 일라 일라 알라!" 하는 구슬픈 곡소리가 칼리프에게까지 미쳤다. 그는 몸을 추스르고 의식에 참여하려는 마음에 안절부절못했다. 어떤 설득도 그를 단념시키지 못했고, 몸이 극도로 쇠약해졌음에도 아무도 그의 발길을 막지는 못했다. 그는 고작 몇 걸음을 걷다가 땅바닥 위로 쓰러졌다. 신하들은 하는 수 없이 그를 침대에 뉘일 수밖에 없었다. 그는 그곳에서 인사불성이 되어 일어나지를 못했으니, 심지어는 에미르까지 측은지심이 생길 정도였다.

행렬이 메이무네의 석굴에 다다르자, 샤반과 수틀레메메는 원래 남아 있기로 한 심복 네 명만 제외하고 수행원단 전부를 돌려보냈다. 그들은 굴 밖에 놓여 있던 관 옆에서 잠시 숨을 돌린

✤ 이슬람교 예배를 주재하는 식승式僧 혹은 율법학자.

후에, 관을 작은 호숫가로 옮기도록 지시했다. 호수의 둑에는 시든 이끼가 무성하게 자라 있었다. 이곳은 쉬지 않고 작은 전갱이들을 포획하는 왜가리와 황새들의 훌륭한 휴식처였다. 에미르의 지시를 받은 난쟁이들은 일찌감치 그곳을 손봐 놓았고, 환관들의 도움으로 골풀과 갈대로 오두막을 짓기 시작했다. 난쟁이들은 그 일에는 아주 기특한 솜씨를 발휘했다. 식량을 쟁여 놓을 창고가 난쟁이들 자신을 위한 작은 기도실과 함께 마련되었고, 연료로 쓸 장작더미도 야무지게 쌓아 놓았다. 텅 빈 산중의 공기가 매서웠기 때문이다.

저녁이 되어 호숫가 두 군데에 불이 지펴졌고, 관에서 꺼내온 사랑스러운 두 몸뚱이가 예의 오두막 안의 마른 나뭇잎을 깔아 만든 침대 위에 뉘어졌다. 난쟁이들은 맑고 새된 목소리로 코란을 읊기 시작했고, 샤반과 수틀레메메는 얼마간 떨어져서 마취 분말의 효력이 언제까지 가는지 초조하게 기다렸다. 마침내 누로니하르와 굴첸루즈가 팔을 어렴풋이 펴는가 싶더니, 천천히 눈을 떴다. 그들은 온통 놀라움에 빠진 채 주위의 모든 광경으로 이리저리 눈길을 옮겼다. 그들은 몸을 일으켜 보려 했으나 기운이 딸려 다시 쓰러지고 말았다. 이 모습을 본 수틀레메메가 강장제를 투약해 주었다. 에미르가 미리 마련해 놓은 약이었다.

완전히 소생한 굴첸루즈가 요란하게 재채기를 해대며 어리둥절해서 어쩔 줄 몰라 하며 몸을 일으켰다. 오두막을 나서더니 더

할 나위 없이 게걸스럽게 상쾌한 공기를 들이마셨다.

"그래," 그가 말했다. "나는 다시 숨을 쉬고 있구나! 다시 살아 있게 되었어! 소리가 들려! 별들이 흩뿌려져 반짝이는 창공을 보고 있어!"

이 사랑스러운 말투를 들은 누로니하르가 나뭇잎 침대에서 빠져나와 달려오더니 굴첸루즈를 품에 꼭 안았다. 그녀의 눈에 가장 먼저 띈 것은 기다란 수의 원피스였다. 화관과 자신의 맨발들도 바로 눈에 들어왔다. 그녀는 손으로 얼굴을 감싸 안고 생각에 잠겼다. 근사한 목욕, 아버지의 낙담, 바테크의 위풍당당한 모습 등이 새삼 생생하게 기억 속에 떠올랐다. 자신과 굴첸루즈가 아파서 죽어 가던 기억도 되살렸다. 하나 이 모든 이미지가 마음속에서 갈피를 잡지 못하고 있었다. 그녀는 어디에 와 있는지 모르는 채로, 마치 주변 광경을 알아보려고 애쓰는 듯이 온 사방을 둘러보았다. 이 기묘한 호수, 유리 같은 표면에 타오르는 불꽃, 이끼로 가득한 둑의 창백하게 바랜 빛깔, 낭만적인 오두막, 숙인 고개를 슬피 흔들고 있는 갈대, 난쟁이의 날카로운 목소리와 뒤섞인 황새의 침울한 울음소리, 그 모든 것이 합쳐져 죽음의 천사가 어떤 다른 세상의 문을 연 것처럼 보이려고 획책하는 듯했다.

굴첸루즈는 굴첸루즈대로 경이로움에 정신이 몽롱한 채 사촌의 목에 꼭 달라붙어 있었다. 그는 도깨비 나라에 와 있다고 믿었고, 누로니하르가 계속 침묵에 잠겨 있자 덜컥 겁이 났다.

"말해 봐." 마침내 그가 말했다. "우리는 지금 어디에 있는 걸까? 불타는 숯을 휘젓고 있는 저 도깨비들이 보이지 않아? 우리를 그들 속에 내동댕이치려고 온 몬케르와 나키르가 아니냐고? 아마도 너무나 장엄하고 고요해서 우리 눈으로부터 나락을 감추고 있을지도 모를 이 호수로 운명의 다리가 지나가는 건 아닐까? 아무리, 아무리 오랫동안 가라앉아도 끝나지 않는 나락이 있진 않은지 말이야."

"아니란다, 내 아이들아!" 수틀레메메가 그들 앞으로 다가오며 말했다. "마음 놓으렴! 너희에 이어 우리 영혼까지 이리로 이끈 파멸의 천사는 너희의 나태하고 방탕한 생활에 대한 징벌을 일정 기간 동안 내리기로 정해 놓았다. 너희는 그 기간 동안, 해도 얼굴을 내미는 법이 좀처럼 없고 땅에선 어떤 열매나 과일도 나오지 않는 황량한 이곳에서 지내야 한다. 이것들이," 그녀가 난쟁이들을 손으로 가리키며 말을 이었다. "필요한 것을 조달해 줄 거야. 우리처럼 너무나 속된 영혼들은 그것을 유지하기 위해 속된 지상의 것이 필요하니까. 대신에 너희의 식사는 고기는 없고 오직 쌀뿐이며, 너희가 먹을 빵은 호수 표면을 내리덮는 안개에 적셔질 거야."

이 음침한 앞날에 가여운 아이들은 울음을 터뜨리면서 난쟁이들 앞에 납작 엎드렸다. 난쟁이들은 맡은 바 인물을 완벽하게 연기했거니와, 신성한 낙타에 관한 훌륭한 강연을 펼쳤다. 성스러운 낙타는 그 정해진 천 년 후에 그들을 믿는 자들의 낙원으로 데려다 줄 것이었다.

설교가 끝날 즈음에 세정식이 거행되었고, 누로니하르와 굴첸루즈는 알라신과 예언자를 찬양한 후 아주 풀이 죽어 저녁을 먹고는 시들어 빠진 나뭇잎 침대로 물러났다. 누로니하르와 그녀의 어린 사촌은 죽었으나마 몸 눕힐 오두막이 있다는 사실로 위안을 삼기로 했다. 잠이야 그전에 푹 자고도 남았기에, 그들은 자기들에게 무슨 일이 닥친 것인지 의논하며 밤의 끝머리를 보냈다. 그러고는 무시무시한 망령들로부터 자신들을 보호하기 위해 몸을 의지하여 서로 끌어안았다.

날씨가 궂고 비가 내리던 아침에 난쟁이들이 첨탑 같은 높은 장대에 올라가 그들에게 기도 시간이 되었음을 알렸다. 수틀레메메와 샤반, 네 명의 심복과 몇몇 황새를 포함한 일행은 이미 다 모여 있었다. 풀이 죽은 두 아이는 오두막에서 느릿느릿 걸어 나왔다. 그들은 기분이 우울한 상태였기 때문에 열성을 다해 기도를 올렸다. 기도를 마치기가 무섭게, 굴첸루즈가 수틀레메메를 비롯한 나머지 사람들에 대해 물었다. "어떻게 다들 나와 내 사촌과 때를 같이해서 죽은 거지?"

"자살했지." 수틀레메메가 대꾸했다. "너희가 죽은 것에 상심해서."

† 바테크 †

지금까지 있었던 일에도 불구하고 일전에 보았던 영상을 아직 잊어버리지 않은 누로니하르가 수틀레메메에게 말했다. "그럼 칼리프는! 슬퍼하다가 그분도 역시 죽었어? 그분도 이곳에 올까?"

대답을 미리 준비하고 있었던 난쟁이들은 짐짓 아주 엄숙한 어조로 대답했다. "바테크는 어떤 수로도 구원을 받을 수가 없어!"

"흔쾌히 믿을 만한 말이네." 굴첸루즈가 말했다. "그리고 그 얘기를 들으니까 가슴속부터 기쁨이 우러나와. 왜냐하면 우리가 이리로 보내져 설교를 듣고 쌀밥이나 꾸역꾸역 먹어야 하는 게 다 그의 끔찍한 응시 때문이니까."

호숫가에서의 일주일이 별다른 일 없이 지나갔다. 누로니하르는 죽음이 자기에게서 앗아간 그 장엄한 영광을 곰곰이 생각했고, 굴첸루즈는 기도에 익숙해지고 있었다. 그는 자기를 끊임없이 즐겁게 해주는 난쟁이들과 함께 기도를 올렸다.

이렇게 천진무구한 장면이 산에서 펼쳐지고 있던 중에, 칼리프가 참신한 모습으로 에미르 앞에 나타났다. 그는 감각을 되찾은 순간, 그러니까 바바발루크의 등골을 서늘하게 하는 목소리를 되찾자마자 우레 같은 소리로 말했다. "불경한 이단자여! 내 너를 영원히 단념하리라! 나의 사랑스러운 누로니하르의 목숨을 끊어 놓은 게 그대 짓이렷다! 그리고 내가 더 지혜롭게 굴었다면 나를 위해 그녀를 보존해 주셨을 마호메트의 용서도 간청하겠다. 세정식을 거행하게 물을 가져오라. 경건한 파크레딘이 그의 기도를 나의 기도와 함께 나누도록 불러오라. 그와 내가 화해할 수 있도록 말이다. 그러고 나서 우리는 불행한 누로니하르의 무덤을 함께 방문하리라. 나는 은자가 되기로 마음먹었다. 그리고 내 죄를 갚으려는 희망으로 여생을 이 산에서 보내리라."

누로니하르는 아주 썩 흡족하지는 않았다. 비록 굴첸루즈에 대한 애정이 깊고 정이 더 커졌고 마음껏 함께 있게 되었으나, 여전히 그가 지암시드의 홍옥과는 어디를 보아도 견줄 수 없는 노리개로 생각되었다. 때때로 그녀는 자기가 지금 존재하고 있는 방식에 대한 생각에 빠져 있었으며, 죽은 사람이 산 사람의 그 모든 소망과 기분을 똑같이 가지고 있다는 사실이 도통 믿어지지가 않았다. 이 종잡을 수 없는 주제에 대한 만족스러운 답을 얻기 위해, 어느 날 아침 그녀는 모든 이가 잠들어 있을 적에 굴첸루즈 곁에서 조심조심 일어났다. 그녀는 그에게 부드럽게 입을 맞춘 다음, 호숫가의 구불구불한 길을 따라 걷기 시작했다. 그 길은 정상이 가파르기는 하나 올라갈 수는 있을 만한 바위산 앞에서 끝나고 있었다. 그녀는 상당히 고생한 끝에 정상에 도달했고, 그때부터는 내처 달리기 시작했다. 저도 모르게 사냥꾼에게 쫓기는 암사슴 같은 모습이었다. 영양같이 조심성을 발휘하며 뛰어나가기는 했지만 이따금 멈추어야만 했고, 숨을 고르기 위해 능수버들 아래서 쉬어야 했다. 그렇게 나무에 기대어 이곳에 대해 자신이 혹 아는 것은 없는지 살펴보는 데 온통 정신이 팔려 있었다. 그러는 가운데 그날 아침 불안해서 동이 트기도 전에 길을 나섰던 바테크가 불현듯 그녀 앞에 모습을 드러냈다. 놀라움에 얼어 버린 그는 자신 앞에 있는 형상에 감히 다가갈 엄두를 내지 못했다. 이 형상은 수의를 두른 채 땅 위에 누워 있어야 하는 것이 아닌가. 새파랗게 질려서 떨고 있지만 여전히 아름다운 형체였다. 기쁨과 고뇌가 뒤섞인 채로, 누로니하르가 마침내 맑은 눈을 들어 그를 바라보며 말했다. "나의 주인이시여, 저와 함께 쌀밥을 먹고 설법을 들으러 이곳에 오셨나이까?"

"사랑스러운 자의 유령이여!" 바테크가 부르짖었다. "말을 할 수 있단 말인가? 그대는 살아 있을 때와 같은 우아한 자태를 지니고 있지 아니한가? 똑같이 빛나는 모습을 하고 있다니! 살아 있을 때와 다름없이 이렇게 지각할 수 있다니!" 그러고는 열렬하게 그녀를 껴안고 덧붙였다. "온기로 생생하게 살아 있는 수족과 가슴이 있구나! 이런 기이한 일이 있다니, 이게 대체 어찌 된 셈이냐?"

누로니하르가 머뭇거리면서 대답했다. "아시겠지만, 군주시여. 저는 폐하가 저를 방문하는 영광을 주신 날 죽었습니다. 제 사촌은 폐하의 그 응시가 원인이었다고 주장하지만, 저는 그 아이의 말을 믿을 수 없습니다. 왜냐하면 저에게는 폐하의 그 응시가 그리 무시무시하지는 않았기 때문입니다. 굴첸루즈는 저와 함께 죽었고, 어느 황폐한 고장으로 끌려갔습니다. 그곳에서 사람들은 비루한 음식을 우리에게 먹이고요. 만약 폐하께서도 돌아가신 것이고, 우리와 함께하려고 이리 오셨다면 정말 안되셨다는 생각이 들어요. 난쟁이들과 황새들이 내는 시끄러운 소리에 정신을 차리실 수 없을 테니까요. 게다가 저와 마찬가지로 그 지하 궁전의 보물들을 잃으셔야 한다니 그런 말도 되지 않게 억울한 일이 어디 있나요."

지하 궁전이라는 말이 나오자 칼리프는 누로니하르가 무슨 말을 하려는지 설명을 듣기 위해 그녀를 어루만지던 손길을 거두어들였다. 그녀는 자신이 보았던 계시의 영상을 되살려 설명해 주었고, 곧 그녀의 위장 죽음에 관한 이야기로 이어졌다. 거기에 덧붙여 그녀가 지금 온 속죄의 장소에 대한 묘사도 했다. 그 말하는 방식은 바테크가 그토록 깊이 생각에 잠기지 않았다면 온통 웃음보를 터지게 할 만한 모양새였다. 하지만 그녀가 말을 마치자마자, 그는 다시 그녀를 품에 안고 말했다.

"내 눈에 빛이 드는구나! 수수께끼가 풀리는구나. 우리 모두 살아 있다! 네 아비가 우리를 갈라놓으려고 속임수를 쓴 것이다. 우리 둘에게 사기를 친 게야. 그리고 이제 알아내고 보니, 이단자가 우리가 함께 갈 것을 계획하고 있으니, 그게 무슨 대수겠나. 그가 제 불의 궁전에서 우리를 보려면 얼마간 시간이 걸려야 할 게다. 너의 작고 사랑스러운 모습은 술탄 이전 시대의 보물보다 귀하고, 나는 저 지하로 두더지처럼 굴을 파고 들어가기 전에 그 모습을 마음껏, 그리고 저 많은 달에 훤히 드러내 놓고 음미하고 싶다. 그 보잘것없는 존재, 굴첸루즈는 잊어버리거라. 그리고……."

"아! 나의 군주시여!" 누로니하르가 그의 말을 가로막았다. "저는 폐하가 그 아이에게 어떤 나쁜 짓도 하시지 않기를 애원하나이다."

"그럼, 그럼!" 바테크가 대꾸했다. "나는 벌써 너에게, 그에 대해서는 걱정을 붙들어 매라고 명령한 바이니라. 그 아이는 내 질투심을 자극하기에는 너무 많은 우유와 설탕을 먹고 길러졌다. 우린 그 아이를 난쟁이와 함께 있도록 내버려 둘 것이다. 말이 나온 김에 말이지만, 그 난쟁이들은 내 오래전부터 익히 아는 친구들이지. 그 아이는 너보다 그들을 친구로 두는 편이 훨씬 낫다. 다른 문제에 관해서라면, 네 아버지 패거리에게도 더 이상 아무것도 되돌려주지 않겠다. 환대의 예를 저버린 그와 그의 노망난 노인네들의 이야기에 내 귀가 시달림을 당하고 싶진 않아. 마치 사내아이처럼 차려 입힌 소녀보다 세상 군주의 아내로 맞아들여지는 게 덜 영광스럽다는 듯 그런 짓을 하다니 말이다."

술술 흘러나오는 달변에 누로니하르는 아무런 반론도 찾을 수 없었다. 그녀는 오로지 이 사랑에 빠진 군주가 지암시드의 홍옥을 위해 더 큰 열성을 스스로 발견했기를 바랄 뿐이었다. 하지만 점차 그 마음이 커지겠지 스스로 달래며, 그리하여 이루 말할 수 없이 넋을 빼앗겨 그의 뜻에 순종했다.

칼리프는 때가 되었다고 판단하고 메이무네의 동굴에서 잠에 빠져 있던 바바발루크를 불렀다. 그는 누로니하르의 유령에 대한 꿈을 한창 꾸던 중이었다. 꿈에서 그녀는 그를 다시 한 번 그네에 태워 엄청나게 당겼다가 민 터였고, 그리하여 그는 한순간 산 위로 치솟아 올랐다가 심연 속으로 곤두박질을 치고 말았다. 그는 주인의 목소리를 듣고 황급히 잠에서 깨어 숨을 몰아쉬며 달려갔다가, 방금 전 꿈에서 자기를 쫓던 유령을 보고는 하마터면 뒤로 나자빠질 뻔했다. 그는 그녀를 유령이라고 믿었던 것이다.

"아, 나의 군주시여!" 그가 열 발짝쯤 뒷걸음치며 양손으로 눈을 가린 채 외쳤다. "폐하는 끝내 굴의 일을 수행하시는 겁니까? 끝내 죽은 자를 파내셨군요. 그래도 저 여자를 폐하의 먹이로 삼으리란 희망은 버리십시오. 결국 제가 그녀 때문에 겪은 고난을 보면, 저 여인은 심지어 폐하를 먹이로 삼을 만큼 사악하지 않습니까."

"어리석은 소리 작작 해라." 바테크가 말했다. "얼마 안 가 확실히 알게 되겠거니와, 여기 살아 있을 뿐만 아니라 내 품에 꼭 안겨 있는 것은 바로 누로니하르가 맞다. 가서 계곡 근처에 내 막사를 세우기나 하여라. 그곳을 이 아름다운 튤립과 머물 거처로 정하겠다. 내 곧 이 튤립의 색을 되찾아 줄 터이니. 인생의 즐거움을 배가시키는 것이면 무엇이든 뽑아내기 위해 그곳에 최고의 노력을 쏟아부어라. 내가 네게 품고 있는 뜻을 더 밝히기 전까지는 그 일을 하고 있으면 된다."

이러한 비운의 소식은 마침내 에미르의 귀에까지 들어갔다. 그는 비탄과 절망에 자포자기 한 채, 흰 수염을 기른 그의 모든 원로들과 똑같이 재로 얼굴을 문지르기 시작했다. 그러고는 뒤이어 완전한 무위 속으로 빠져들고 말았다. 더 이상 여행자들을 접대하지 않았고, 사람들에게 더 이상 고약을 나누어 주지도 않았다. 이 성역을 돋보이게 했던 자선활동이 사라지고, 대신 이곳 주민 전부는 반 척 길이의 얼굴만 빼꼼히 내밀고 버림받은 신세를 탄식할 뿐이었다.

파크레딘은 영원히 잃어버린 딸 때문에 비탄에 잠겼지만, 그래도 굴첸루즈를 잊지는 않았다. 그는 굴첸루즈의 처지를 감안해서 그간 어떤 일이 펼쳐졌는지 알려지지 않도록 수틀레메메와 샤반과 난쟁이들에게 즉시 지령을 하달하기 위해 사람을 보냈다. 대신에 어떻게 말을 꾸미든지 해서 호숫가 그 높다란 바위산으로부터 아주 멀리 떨어진 곳, 그러니까 자기가 이미 정해 둔, 더 안전한 곳으로 굴첸루즈를 옮기라고 했다. 파크레딘은 바테크가 굴첸루즈를 해칠 수도 있다는 생각에 마음을 놓지 못했던 것이다.

한편 굴첸루즈는 사촌을 찾지 못해 무척이나 당황하고 있었다. 난쟁이들도 그보다 더 놀랐으면 놀랐지 덜 놀라지 않았다. 그러나 그들보다는 더 지각이 있었던 수틀레메메는 무슨 일이 터졌는지 즉시 추측해 냈다. 굴첸루즈는 산속 깊숙한 은신처에서 누로니하르를 다시 한 번 안으리라는 허황된 희망으로 위로받고 있었다. 오렌지 꽃과 재스민이 흩뿌려져 있는 땅, 오두막의 시든 나뭇잎보다 훨씬 안락한 침대가 마련되어 있는 곳, 류트에 맞추어 아름다운 목소리로 노래 부르고 둘이 하나가 되어 나비를 쫓을 수 있는 곳을 꿈꾸며 말이다. 환관 한 명이 손짓으로 불러내서는 사자가 도착했음을 알려 왔을 때, 수틀레메메는 그런 미몽을 묘사하느라 푹 빠져 머나먼 곳을 헤매고 있는 중이었다. 사자는 누로니하르가 도망친 상황에 대한 비밀을 설명해 주고, 에미르의 명령까지 전해 주었다.

샤반과 난쟁이들이 함께하는 회의가 즉시 소집되었다. 마침내 당장 짐을 싸야 한다는 결정이 났다. 그들은 조각배에 올라타 저 어린아이와 함께 물살을 조용히 헤치며 나아가기 시작했다. 굴첸루즈는 그들의 모든 제언에 마지못해 따랐다. 그들의 항해는 호수가 바위의 텅 빈 아래의 숨을 곳에 다다를 때까지 별다른 변화 없이 계속되었다. 하지만 배가 그곳으로 들어서자마자, 그리고 어둠에 둘러싸인 자신을 발견하자마자, 굴첸루즈는 경악하고 말았다. 그러고는 몹시 날카롭게 꽥꽥거리는 비명을 쉬지도 않고 질러 댔다. 이제 그는 제 사촌과 살아생전에 너무나 많은 자유를 누린 대가로 저주를 받는 것이 틀림없음을 깨달았다.

그나저나 이제 칼리프와 그의 가슴을 지배하는 그녀에게로 되돌아가 보자. 바바발루크는 천막을 쳤고, 골짜기 입구 부분도 인도 천으로 만든 기막히게 멋진 장막으로 가렸다. 에티오피아 노예들이 언월도를 꺼내 들고 장막을 지켰다. 자연적인 상쾌함을 갖춘 아름다운 이 구역의 신록을 지키기 위해서, 백인 환관들은 빨간색 물뿌리개를 들고 이곳저곳 쉴 새 없이 돌아다녔다. 왕이 묵는 막사 근처에서 부채를 부치는 소리가 들렸다. 모슬린 천을 뚫고 발하는 관능적인 불빛 곁에서 칼리프는 누로니하르가 발산하는 온갖 매력을 온전히 눈에 넣으며 즐기고 있었다. 그는 즐거움에 흠뻑 취해서 그녀의 목소리에 온통 귀를 세웠다. 류트와 함께 어우러지는 목소리였다. 그녀도 그가 들려주는 사마라와 경이로 가득 찬 탑 이야기에 몹시 매료되었다. 하지만 특히 그녀가 흥미를 보인 것은 예의 그 공 덩어리에 관한 모험담과 흑단 문을 단 이단자의 협곡이었다.

이런 식으로 그들은 한낮과 한밤을 꼬박 이야기했다. 그들은 검은 대리석으로 만든 욕조에서 함께 목욕했는데, 이 욕조는 누로니하르의 고운 살결을 찬탄할 만큼 돋보이게 했다. 이 아름다움에 자비를 되찾은 바바발루크는 그들의 식사를 준비할 때 아주 세세한 부분까지 틀림이 없도록 한 치도 주의를 게을리하지 않았다. 절묘하기 짝이 없는 진미가 그들 앞에 끝도 없이 놓여졌다. 그는 심지어 시라즈로 사람을 보내 향 좋고 맛 좋은 와인을 가져오게 했다. 그것은 마호메트가 태어나기도 전에 빚어진 와인이었다. 그는 바위에 구멍을 뚫어 작은 화덕들을 만들었다. 그곳에서 누로니하르는 제 손으로 직접 근사한 맨치트를 구워 냈다. 바테크로서는 그곳에서 너무나 좋은 냄새가 새어 나오니, 다른 아내들이 만든 라구※는 완전히 구역질이 난다고 여기게 되었다. 후궁들은 파크레딘이 원한에도 불구하고 자기들을 불쌍히 여겨 보살펴 주지 않았다면, 그토록 소홀히 여겨지고 있는 처지가 원통해서 숨이 끊어지고 말았을 터였다.

    누로니하르가 등장하기 전까지 칼리프가 가장 총애했던 후궁인 딜라라는 자신에 대한 칼리프의 직무유기를 가슴속에 새겨 두었다. 그녀는 본성적으로 성질이 격했다. 좋았던 시절에 그녀는 바테크로부터 터무니없는 환상을 흡수하였고, 이스타카르의 호화로운 무덤들과 마흔 개의 기둥을 가진 궁궐을 보려고 안달이 나 있었다. 게다가 조로아스터교 승려들 사이에서 자란 덕분에 열정적으로 불을 숭배하는 칼리프에게 무척 매료되었던 것이다. 그리하여 그녀에게는 자신의 경쟁자와, 관능에 빠져 터무니없이 종잡을 수 없는 그의 생활이 이중의 고통을 안겨 주는 셈이

❖ 고기와 야채를 넣어 끓인 스튜 요리.

었다. 바테크가 잠깐 보인 신심도 심하게 놀랄 만한 것이었지만, 지금으로서 악은 훨씬 커져 있었다. 그러므로 그녀는 한 치의 망설임도 없이 결심했다. 카라티스에게 편지를 써서 모든 일이 잘못 돌아가고 있다고 전하기로 했다. 그 거룩함이 경외심을 불러일으키는 에미르의 땅에서 그 둘이 함께 먹고 자며 질펀하게 향락을 즐기고 있고, 아담 시대 이전 술탄들의 보물을 찾으려는 행보는 전망이 요원해졌음을 알리려고 말이다. 딜라라는 이 산에서 가장 울창한 숲에서 일하는 두 나무꾼에게 편지를 부탁하며 맡겼다. 그들은 가장 짧은 지름길에 아주 훤해서, 사마라에 열흘 안으로 도착했다.

 나무꾼들이 왔다는 전갈을 받았을 때 카라티스 왕비는 모라카나바드와 체스를 두고 있었다. 바테크가 떠난 지 몇 주가 지났을 때, 그녀는 탑의 상부에 대해서는 단념해 버렸다. 아들의 운명과 관련된 일을 의논하는 별들 사이에서 모든 것이 혼란스럽게만 나타났기 때문이다. 역시 부질없는 짓으로 판명이 났지만, 그녀는 새로 연기를 피워 지붕 위에 몸소 올라가 신비의 계시를 받아 보려고도 했다. 꿈에서도 문직紋織 쪼가리나 향긋한 꽃다발, 그밖에 다른 무의미한 허섭스레기에서보다도 더 많은 것을 볼 수 없기는 마찬가지였다. 그녀는 낙담해서 몸을 내던졌다. 그녀가 온 힘을 동원해 지은 약으로도 실의를 떨쳐 내기는 역부족이었다. 유일하게 기분 전환이 되는 것은 모라카나바드였다. 그는 좋은 사람이었고, 상당한 신뢰를 주는 사람이었지만, 그러면서도 그녀와 벗으로 지내면서 자신이 장밋빛 세상에 있다고는 결코 생각하지 않았다.

바테크의 일에 관해서는 아무도 아는 사람이 없었고, 천 가지 말도 안 되는 이야기가 그의 위신을 깎아내리며 창궐했다. 그러니 편지를 받았을 때 그녀의 조바심이 어느 정도였을지 쉽게 짐작이 될 것이다. 거기에 아들의 방종한 처신에 대해 읽었을 때 그녀가 느낀 분노도 함께 말이다. "일이 이렇게 됐단 말이지?" 그녀가 말했다. "내가 죽어 엎어지거나 바테크가 불의 궁전으로 들어가거나 둘 중 하나다. 그가 솔리만의 왕좌에 앉아 통치를 할 수 있다면야 나를 불꽃에 태워 버려도 좋을 일이야!" 이 말을 하며 그녀는 기이한 모양으로 빙글빙글 돌았고, 이 모습에 모라카나바드는 엄청난 두려움이 엄습해 움찔했다. 그녀는 자신의 위대한 낙타 알부파키를 데려오라고 명했고, 보기만 해도 섬뜩한 네르케스와 함께 무자비한 카푸르를 시종으로 해서 여장을 꾸렸다. "다른 수행원은 더 필요 없소." 그녀가 모라카나바드에게 말했다. "긴급한 일로 가는 것이니, 큰 무리의 행렬은 그만두기로 합시다! 백성들을 잘 돌보도록 하세요. 내가 자리를 비우게 됨에 따라 백성들로부터 한 밑천 잘 뽑아 두어야 할 게요. 왜냐하면 앞으로 큰돈이 필요할 테니까요. 게다가 무슨 일이 생길지 누가 안답니까."

밤은 유달리 깜깜했고, 성가신 역병을 품은 바람이 카툴 평원을 괴롭히고 있었다. 여느 여행자라면 아무리 용무가 급하더라도 여행을 단념했을 터였다. 그러나 카라티스가 누구인가. 다른 사람이라면 말도 못하게 끔찍하게 여겨 두려워할 일인데도, 그녀는 무엇이 됐든지 간에 온 힘을 다해 즐기는 사람이 아니던가. 네르케스는 그녀와 뜻을 같이했고, 카푸르는 역병에 대해서는 특별한 애호를 품고 있었다. 아침이 되어서야 이 출중한 순례자 무리와 길잡이가 되어 주는 나무꾼들은 허허벌판을 이룬 습지대 가장자리에서 길을 멈추었다. 그곳에서 어찌나 유독한 증기가 피어오르던지, 알부파키만 빼놓고는 그 어떤 동물이라도 죽여 버릴 기세였다. 알부파키로 말하자면, 이 지독하기 짝이 없는 안개를 아무렇지도 않게 들이마셨다. 나무꾼들이 이곳에서 잠을 자면 안 된다고 호위대에게 간곡히 탄원했다.

"잠을 잔다……." 카라티스가 외쳤다. "이를 데 없이 훌륭한 생각이구나! 나는 계시를 보기 위해서가 아니면 절대로 잠을 자는 법이 없지. 내 시종들 또한 하나뿐인 눈을 감기에는 할 일이 너무 많고 말이야."

그들과 일행이 되는 일이 그다지 즐겁지 않았던 가련한 나무꾼들은 놀라움에 벌어진 입을 다물지 못했다.

카라티스는 흑인 여자들과 마찬가지로 낙타에서 내려 옷가지를 하나하나 벗고는 속옷 바람으로 달려갔다. 태양이 이 습지대에서 자란 독풀 위에 가장 강렬하게 내리쬐는 자리를 가려내기 위해서였다. 이 일용할 양식은 에미르의 가족과 이스타카르로 가는 여정을 지체시키는 그 누구에게라도 먹이기 위해 마련되었다. 나무꾼들은 세 명의 무시무시한 유령이 달리는 모습을 목격하고는 두려움에 짓눌렸다. 알부파키와 벗을 삼는 것도 유쾌한 일이 아니었다. 그리고 그들은 한낮인데도 불구하고 출발하라는 카라티스의 명에 얼이 빠져 서 있었다. 열기가 어찌나 맹렬했던지, 바위라도 태워 재로 만들어 버리고도 남을 것 같았기 때문이다. 하지만 그 어떤 앓는 소리를 해도 소용이 없었거니와, 이유 불문하고 고분고분 따르지 않으면 안 되었다.

누가 가까이 오면 싫어하고 혼자 있기를 좋아하는 알부파키는 인가가 가까워질라치면, 쉬지 않고 콧김을 씩씩거리며 내뿜었다. 그리고 카르티스는 오히려 신이 나서 녀석을 오냐 오냐하며 끊임없이 다독거려 주었다. 그러니 길잡이 노릇을 하는 이 무지렁이들은 생존에 필요한 것을 조달할 방도가 없었다. 그들이 가로지르는 지역에 신의 섭리가 보낸 염소와 암양들 같은 우유로 여행자들의 원기를 회복시켜 주는 동물들이 이 끔찍한 동물과 그 위에 탄 기이한 승객들을 보면 모조리 달아나 버렸기 때문이다. 카라티스로 말하자면 사람들이 늘 먹는 양식은 필요가 없었다. 왜냐하면 자신이 예전에 발명한 방법인데, 아편제를 몸 안에 넣어 위가 움직이지 않는 상태로 두었던 덕분이다. 그녀는 자기가 부리는 벙어리들에게도 그것을 나누어 주었다.

밤이 내릴 무렵에 알부파키가 불현듯 멈추어 서며 발을 굴렸다. 카라티스는 알부파키의 이 버릇을 잘 알았다. 이 낙타가 그렇게 하는 것은 공동묘지 부근에 왔다는 표시였다. 달이 그곳에 밝은 빛을 비추고 있었고, 덕분에 기다란 벽과 살짝 열려 있는 문을 발견했다. 문은 알부파키가 쉽게 통과할 수 있을 정도로 높았다. 최후가 다가오고 있음을 알아챈 불쌍한 길잡이들은, 지금 기회가 너무나 좋지 않느냐면서 자기들을 이곳에 묻어 달라고 고개를 조아리며 간청했고, 정말로 그 자리에서 곧바로 죽임을 당했다. 나름대로 특유의 유머 감각을 지닌 네르케스와 카푸르는 이 가련한 사람들의 어리석음에 대해서 유감없이 유머 감각을 발휘했거니와, 시체 매장지와 그곳의 묘지들보다 더 제 구미에 맞는 곳은 찾으려야 찾아볼 수도 없었다. 언덕 내리막에는 족히 2천 개는 되어 보이는 무덤이 있었다. 어떤 무덤들은 피라미드 형태였고 기둥 모양을 한 무덤들도 있었는데, 요컨대 그 다양한 형태는 끝이 없었다. 카라티스는 자신의 숭고한 목표에 너무나 몰두해 있느라, 묘지들이 매력적으로 보이기는 했지만 여유 있게 서서 감상할 겨를이 없었다. 그녀는 현재 처지에서 어떻게 하면 유리한 방향으로 나갈 수 있을까 숙고하다가, 참지 못하고 다음과 같이 외쳤다.

"굴들에게 씌우기라도 한 게 틀림없지. 이 공동묘지는 너무나 아름답구나! 경솔하게도 길잡이들을 죽게 했으니, 굴들에게 방향을 알려 달라고 해야겠다. 그럴려면 이 갓 죽은 시체들로 성찬을 베풀어야겠구나."

이 짧은 독백을 끝낸 후에 그녀는 네르케스와 카푸르를 손짓해 불러 손가락으로 다음과 같은 의미를 전달했다. "가서 무덤들의 옆면을 두드려라. 그리고 너희의 그 명랑하게 재잘거리는 소리를 들려주어야지. 너희의 노랫소리는 내가 얻기를 바라는 손님의 노랫소리와 너무나 비슷하단 말이야."

주인의 명에 기쁨으로 가득 찬 흑인 여자들은 굴들의 사회로부터 아주 큰 즐거움을 얻으리라 다짐하며 보무도 당당하게 걸어가서 무덤들을 두드리기 시작했다. 그들의 노크가 반복되자 텅 빈 소리가 땅속에서도 들렸다. 지표면이 들썩여 덩어리를 이루더니, 나무꾼들의 시체가 발산하기 시작한 악취를 들이마시려고 온 사방에서 굴들이 코를 들이밀기 시작했다.

그들은 하얀 대리석으로 만든 석관 앞으로 모여들었다. 그곳에 카라티스가 불쌍한 길잡이들의 시신 가운데 앉아 있었다. 왕비는 각별한 예를 갖추어 방문객들을 맞아들였고, 저녁 식사를 마치고 나자 그들과 용무를 의논했다. 그들에게 일찍이 자기가 배우고 싶은 모든 것을 배웠거니와, 때를 놓치지 않고 당장 여정을 재개하려는 것이 그녀의 뜻이었다. 하지만 굴들과 다정한 관계를 형성하고 있던 흑인 여자들은 하다못해 새벽이 오기 전까지만이라도 기다렸다 출발하자고 온 손가락을 동원해 졸라 댔다. 하지만 대체로 볼 때 절제심이 강하며, 사랑하고 먹고 즐기는 일에 대해서는 그 누구도 따를 자 없게 적대적인 그녀는 단칼에 그들의 간청을 거절하고 알부파키에 올랐다. 그리고 그들에게도 빨리 자리에 올라타라고 명령했다. 나흘 낮, 나흘 밤 동안 왼쪽으로 꺾어지거나 오른쪽으로 꺾어지는 일 한 번 없이 한길을 쭉 갔다. 닷새째 되는 날, 바테크가 있는 산과 반쯤 불에 타버린 숲을 넘기 시작했으며, 엿새째 되는 날에는 관능을 탐하는 아들의 방황을 지켜보는 눈들을 가로막기 위해 드리워진 아름다운 장막 앞에 당도했다.

동틀 녘의 새벽이었고, 보초병들은 경계를 소홀히 한 채 초소에서 코를 골고 있었다. 그들은 알부파키의 거친 속보 소리에 기절할 듯 놀라며 깨어났다. 저 협곡 아래서 요괴 무리가 올라왔다고 넘겨짚은 그들은 체면을 차릴 경황도 없이 꽁무니를 빼고 말았다. 그 순간, 바테크는 누로니하르와 욕조에 들어앉아서 그녀의 이야기를 듣고 자기들과 함께 이야기하던 바바발루크를 보며 웃어 대고 있었다. 그러나 보초병들이 다가오며 내지르는 소리를 듣자마자 잉어처럼 물에서 튀어나왔다. 그러곤 카라티스의 모습을 보자 그만큼 빠른 속도로 다시 욕조 안으로 몸을 던졌다. 카라티스는 흑인 여자들과 함께 알부파키를 타고 다가오고 있었다. 그 모습이 천막의 모슬린 차일과 베일을 뚫고 보였던 것이다. 그들의 갑작스러운 출현에 누로니하르는 (양심의 가책에서 늘 떳떳하지만은 않았기 때문에) 천상의 응징이 마침내 다가왔다고 상상하고는, 사랑의 실의에 빠져 칼리프에게 꼭 달라붙었다.

여전히 낙타 위에 올라탄 채 카라티스는 자신의 고고한 눈을 어지럽히는 광경에 격분해서 부글부글 끓어올랐다. 그녀는 낙타를 멈추지도 않고, 일말의 자비심도 보이지 않으면서 불호령을 내렸다. "이 머리 둘에 다리 넷 달린 괴물 같으니! 배배 엉겨 붙어서 대관절 무슨 짓들이냐? 이 꺾이기 쉬운 어린 나무나 주무르고 있는 모습을 보이는 게 부끄럽지도 않더냐? 아담 이전 시대 술탄들의 주권을 얻으려는 대신 고작 이런 짓을 하고 있다니. 그러니까 네가 우리 이단자의 양피지에 쓰인 조건을 해치도록 만든 게 이 천한 계집이냐? 너의 귀중한 순간을 펑펑 낭비하게 만든 게 이 계집이냔 말이다. 내가 너에게 가르친 지식의 열매가 이것이더냐? 이 여정의 끝이 이거였단 말이냐? 이 어린 종자에게서 썩 팔을 떼지 못할까. 내 앞에서 이 계집을 물에 빠뜨려 죽여라, 그리고 당장 내 지시를 따르라."

바테크는 당장에 분노가 용솟음쳐 알부파키를 해골로 만들어 버리고 카라티스와 흑인 여자들을 박제로 만들어 버리겠다고 마음먹었다. 하지만 이단자와 이스타카르의 궁전, 언월도와 부적에 생각이 미치자, 그러니까 그의 상상 앞에 쉬지 않고 번개가 번쩍이듯 그런 생각이 지나가자 한결 누그러졌다. 그리고 어머니에게 공손하지만 단호한 어조로 말했다. "경외할 여인이시여! 당연히 당신에게 복종해야지요. 그러나 나는 누로니하르를 물에 빠뜨리지는 않을 것입니다. 이 여인은 제게는 미라볼란 당과보다 더 달콤하며, 홍옥, 특별히 지암시드의 홍옥 같은 매혹으로 치장한 사람입니다. 그나저나 지암시드의 홍옥은 이 여인에게 주기로 약조했습니다. 그러므로 이 여인은 우리와 함께 갈 겁니다. 솔리만의 차양 아래서 이 여인과 휴식을 취할 겁니다. 이 여인이 없으면 이젠 잠을 잘 수 없습니다."

"그렇게 하든지!" 카라티스가 낙타에서 내리면서 시종들에게 알부파키를 맡기며 대꾸했다.

칼리프에게서 아직 떨어지지 않고 있던 누로니하르가 슬슬 용기를 내어 애정을 듬뿍 담은 어조로 그에게 말했다. "내 영혼의 군주시여! 당신의 뜻이 그렇다면 아프리트들의 땅 안 카프를 넘는다고 해도 당신을 따르겠습니다. 저는 시무르그의 소굴이라도 당신을 위해서라면 주저 없이 오를 것입니다. 시무르그가 누구던가요. 여기 이 여인을 빼놓고는 세상에 존재하는 가장 끔찍한 피조물이 아니던가요."

"그러니까 우리는 여기에," 카라티스가 덧붙였다. "용기와 지식을 다 갖춘 소녀를 갖게 된 셈이냐!"

누로니하르가 둘 다 갖춘 것은 분명 맞았다. 그러나 확고한 각오에도 불구하고, 어린 굴첸루즈의 사랑스러움에 미련과 회한으로 돌아보게 됨은 어찌 막을 수가 없었다. 그와 함께 누렸던 달콤한 나날들에 대해서도 마찬가지였다. 급기야는 눈물까지 몇 방울 떨어뜨리며 무심코 긴 한숨을 내뱉었다. 카라티스가 그 모습을 눈여겨보았다. "아! 나의 다정한 사촌이여! 그는 이제 어찌 될까!"

이 말에 바테크가 이마에 주름을 잔뜩 그리며 찌푸렸다. 그러자 카라티스가 왜 그러냐고 캐물었다.

"웬 비실비실한 눈에 부드러운 머릿결을 한 애송이 때문에 쓸데없이 한숨을 내쉬는 겁니다. 그 녀석이 이 아이를 사랑했답니다." 칼리프가 말했다.

"그놈이 어디 있느냐?" 카라티스가 물었다. "내 이 어여쁜 아이에 대해 꼭 알아야겠다." 그녀가 목소리를 낮추며 덧붙였다. "떠나기 전에 이단자의 환심을 사기 위해 일을 좀 꾸며야겠구나. 첫사랑의 격정에 가슴을 어찌하지 못하는 가냘프고 아름다운 아이의 심장만큼 그자의 입맛을 다시게 할 만한 게 어디 있겠느냐."

바테크는 욕조에서 나오며 바바발루크에게 하렘의 여자들과 다른 가재도구를 챙기고 대열을 정비하라고 명령하고는 사흘 내에 행군할 준비를 마치겠다고 했다. 그동안에 카라티스는 한 천막으로 홀로 물러났는데, 그곳에서 이단자가 기운을 북돋는 계시로 그녀를 위안해 주었다. 그러나 마침내 잠에서 깨어난 그녀는 발치에 있는 네르케스와 카푸르를 발견했다. 그들은 수화로 그녀에게 알리기를, 어지간히 쓸 만할 이끼를 찾기 위해 알부파키를 호수 경계에다 데려다 놓았다고 했다. 그러고는 주변을 뒤졌는데, 탑 꼭대기의 저수지에 있는 것과 같은 종류의 푸른 물고기들을 발견했다는 것이었다.

"아! 아!" 그녀가 말했다. "내 거기에 한번 가봐야겠구나. 무슨 간단한 조치를 취하면 뭔가 정보를 알아낼 수 있는 종이 틀림없다. 즉, 그것들이 저 귀여운 굴첸루즈가 어디 있는지 말해 줄지도 모른다는 얘기지. 내 그 아이를 제물로 삼을 요량이니까." 이렇게 말하면서 그녀는 까무잡잡한 시종들과 즉시 길을 나섰다.

사악한 모의를 실현시키기 위해서라면 좀처럼 시간을 낭비하는 법이 없는 카라티스와 흑인 여자들은 곧 호수에 다다랐다. 그들은 언제나 지니고 다니는 마법의 약에 불을 붙이고, 옷을 전부 벗은 채 뺨까지 차오르는 물을 헤치고 나아갔다. 네르케스와 카푸르가 주변으로 횃불을 흔들며 가고, 카라티스는 듣기 끔찍한 마법의 주문을 중얼거렸다. 물고기들이 일제히 떠밀리듯 물에서 튀어나왔고, 그 통에 지느러미를 펄떡이느라 물살이 사납게 출렁거렸다. 그리고 마침내 주문의 효력에 감금당했음을 알고 애처롭게 입을 벌리고 말했다. "아가미에서부터 꼬리까지 우리는 전부 당신의 것입니다. 무엇을 찾고 계신지요?"

"물고기들아," 카라티스가 대답했다. "나는 너희의 그 반짝이는 비늘로 굴첸루즈가 어디 있는지 말해 달라고 불러냈느니라."

"바위산 뒤에 있습니다." 물고기 떼가 한 목소리로 대답했다. "이 정도면 만족이 되십니까? 물 바깥에서 입을 벌리고 있는 것은 우리가 즐겨하지 않아서요."

"그 정도면 충분하다." 왕비가 대답했다. "너희가 긴 대화를 좋아하지 않는다는 사실을 확인할 만큼 오래 붙잡고 있을 필요는 없겠지. 그러니 이제 쉬도록 내버려 두마. 따로 하려는 질문이 더 있긴 하지만 말이다." 그녀가 이렇게 말하는 순간 물이 잔잔해졌고, 물고기들이 한꺼번에 사라졌다.

카라티스는 독기 품은 계획으로 한껏 가슴이 부풀어 오른 채, 서둘러 바위산 너머로 발걸음을 옮겼다. 그리고 나무 그늘에서 잠들어 있는 굴첸루즈를 발견했다. 난쟁이 두 명이 그 곁을 지키며 버릇처럼 기도를 읊조리고 있었다. 이 자그마한 기인들은 선한 무슬림에게 적이 다가올 때마다 예견할 줄 아는 재능을 소유하고 있었으므로 카라티스가 도착할 것을 예상하고 있었다. 그녀는 급히 걸음을 멈추며 속으로 생각했다. '어찌 저리 사랑스럽고 작은 머리를 평화롭게 눕히고 있을까! 어쩌면 저렇게 창백하고 수심에 찬 모습을 하고 있을까! 그저 내가 원하는 바로 그 아이라고 할밖에!'

난쟁이들이 그녀 앞으로 폴짝 뛰어 모습을 드러내면서 그녀의 기분 좋은 혼잣말을 끊어 버렸다. 난쟁이들은 젖 먹던 힘까지

† 바테크 †

다 짜내 열성적으로 그녀의 얼굴을 할퀴었다. 그러나 주인을 구하려고 내달려간 네르케스와 카푸르가 어찌나 세게 꼬집었는지, 난쟁이들은 그만 죽어 버리고 말았다. 그들은 죽어 가면서 이 사악한 여자와 그녀의 모든 식구에게 가장 혹독한 징벌을 내려 달라고 마호메트에게 빌었다.

  골짜기에서 일어난 이 괴상한 다툼 때문에 큰 소리가 멀리까지 퍼졌고, 이 소음에 굴첸루즈도 잠에서 깨었다. 그는 공포로 어찌할 바를 모르다가 늙은 무화과나무로 허둥지둥 뛰어올랐다. 그것은 바위산의 오르막 비탈에 서 있는 나무였다. 그때부터 산 정상까지 쏜살같이 달려 올라가서는 뒤도 돌아보지 않고 두 시간을 내달렸다. 마침내 기진맥진해서 어느 늙고 선한 지니의 품에 마치 죽은 듯이 쓰러졌다. 지니는 어린이를 친구로 삼기를 아주 좋아했고, 어린이들을 보호하는 일을 유일한 소명으로 삼고 있었다. 그로 말하자면 능숙하게 바람을 가르고 날아다니다가 잔인한 이단자가 저 끔찍한 협곡에서 으르렁대는 소리를 우연히 듣고 내려가 예의 그 어린 희생양 쉰 명을 구해 냈다. 바테크의 불경함으로 이단자의 목구멍에 쑤셔 넣어졌던 바로 그 아이들 말이다. 지니는 아이들을 구름보다 한층 높은 보금자리에 데려다 놓고, 자신은 가장 널찍한 둥지를 거처로 삼았다. 그것을 지었던 소유자들을 그가 예전에 쫓아내 버린 바 있다.

  이 범접할 수 없는 은신처는 이베와 아프리트들을 기드림✦으로 방어하고 있었는데, 거기에는 번개처럼 번쩍거리는 황금으로 글자가 새겨져 있었다. 그것은 알라와 예언자의 이름이었다. 자신의 죽음이 가장된 사실을 아직도 깨닫지 못한 굴첸루즈가 영원불멸한 평화의 저택이라고 생각한 것이 그곳이었다. 그리고 아무런 두려움도 느끼지 않고 어린 친구들의 축하를 받아들인 것도 그곳이었다. 이 어린 친구들은 모두 공경해 마땅할 지니의 둥지에 모여 있었다. 그들은 또 굴첸루즈의 잔잔한 이마와 아름다운 눈꺼풀에 앞다투어 입을 맞추려고 야단이었다. 그는 이곳이 제 영혼에 쾌적하게 들어맞는 곳이라고 생각하게 되었다. 불안한 지상과 해코지하는 후궁들, 야만적이기 짝이 없는 환관들, 도무지 종잡을 수 없는 여자들로부터 멀리멀리 떨어진 곳. 이 평화롭기 그지없는 무리 속에 섞여 그의 날, 달, 해가 미끄러지듯 흘러갔다. 같이 지내는 친구들 못지않게 행복하기도 했다. 왜냐하면 지니가, 사라지기 쉬운 부와 세상의 부질없는 지식으로 아이들을 짓누르는 대신에, 영원한 어린 시절이라는 은혜를 베풀어 주었기 때문이다.

    사냥감을 놓치는 일이 드문 카라티스는 아이를 붙잡지 못한 흑인 시종들에게 온갖 저주를 퍼부었다. 신나서 난쟁이들을 꼬집어 대는 대신에 아이를 잡았어야 했다고 질책했다. 난쟁이들

❖ 중요한 기旗의 위에 달던 좁고 긴 띠.

을 꼬집어 죽여서 그들이 얻을 수 있는 것이 무엇인가. 그녀는 잔뜩 불평을 하면서 골짜기로 돌아왔는데, 아들이 누로니하르의 품에서 아직 일어나지 않은 것을 보고 화풀이를 했다. 하지만 내일이면 이스타카르로 출발하고 이단자의 훌륭한 주선으로 에블리스 바로 그와 친분을 쌓을 수 있다고 생각하니 분한 마음이 마침내 가라앉았다.

저녁에 카라티스는 계략을 꾸미며 자신의 일원이 되었으며 취향도 자신과 닮은 딜라라와 이야기를 나누고 있었다. 한창 얘기 중에 바바발루크가 들어와 고했다. '사마라를 향한 하늘이 화염에 휩싸인 듯 벌겋고, 재앙을 알리는 전조처럼 보인다' 는 것이었다. 카라티스는 당장에 천체관측기와 마법의 도구들에 의지해 행성들의 고도를 잰 후, 분하기 짝이 없게도 다음과 같은 사실을 계산으로 알아냈다. 즉 사마라에 엄청난 봉기가 일어났다는 것이다. 모타바켈이 형인 바테크에 대한 뿌리 깊어진 반감을 이용하여 백성들을 선동하고 궁궐 주인으로 들어앉았다는 내용이었다. 그러고는 모라카나바드가 바테크에게 여전히 충성을 유지하는 얼마 남지 않은 사람들을 데리고 들어간 거탑을 포위했다고 했다.

"뭐라고!" 그녀가 부르짖었다. "그럼 나의 탑을 기어이 잃고야 말겠구나! 나의 벙어리들! 나의 흑인 계집애들! 나의 미라들! 그 모든 것보다 더 나쁜 것은 내가 너무나 많은 밤을 보냈던 실험실이 있지 않나. 적어도 나의 무모한 아들이 모험을 완수할지 조차 알 길이 없는 채로 그렇게 잃는단 말인가! 안 된다! 이대로 멍하니 당하고 있지는 않겠다! 당장 모라카나바드를 지원하기 위해 속히 가리라. 내 가공할 만한 기술로써 공격자들의 얼굴에 구름으로 우박을 만들어 퍼붓고, 뜨겁게 달아오른 붉은 철물 줄기를 그들의 머리 위에 쏟아부으리라. 그들의 밑에 뱀과 전기메기로 지뢰밭을 만들어 줄 테다. 그러면 우리의 그토록 폭발적인 공격에 대해 그놈들이 어떻게 방어할지 곧 알게 되겠지!"

이 말을 하면서 카라티스는 누로니하르와 함께 카네이션 색깔의 호화로운 천막에서 여유작작하게 연회를 즐기고 있던 아들을 재촉했다.

"입에서 먹는 게 도통 떨어지지를 않는구나!" 그녀가 외쳤다. "내가 없었다면, 까치들의 군주 노릇밖에 못하는 네 신세를 곧 발견할 것이다. 너의 충실한 백성들이 네게 맹세했던 충성을 거두어들였다. 네 동생인 모타바켈이 이제 얼룩말 언덕 위를 지배하고 있고, 내가 탑에 그나마 조금이라도 마련해 둔 방편이 없었으면, 여간해서는 쉽사리 물러날 생각을 않을 것이다. 그러나 시간을 아주 잃어버린 게 아닐 수도 있다. 간단하게 덧붙이겠다. 천막을 걷어치우고 당장 떠나라. 그리고 이번에 다시 네가 여행하는 중에 얼마나 늑장을 부리며 시간을 허비했는지 잘 기억해 두어라. 너는 비록 양피지에서 말하는 조건을 지키지 못해 자격을 박탈당했지만, 나는 아직 희망을 잃지 않았다. 네가 에미르의 빵과 소금을 나누어 먹은 후에 그의 딸을 유혹하여 환대의 법도를 기가 차도록 위반한 사실은 부정할 수 없기 때문이다. 내 말은, 이단자에게는 그런 행실이 그저 반갑기만 할 것이야. 그리고 가는 길에 또 죄를 저질러 너를 돋보이게 할 수 있다면 우리는 한층 더 잘될 것이다. 그리고 의기양양하게 솔리만의 궁전으로 들어가게 되겠지. 잘 가거라! 나에게는 알부파키와 흑인 계집아이들이 기다리고 있다."

칼리프는 무슨 말로 대답해야 할지 알 길이 없었다. 그는 어머니에게 순조로운 여행길을 기원해 주고, 하고 있던 저녁 식사를 마저 끝냈다. 자정에 야영 천막이 헐렸다. 천막을 철거하는 동안에 나팔 소리와 무기들 부딪치는 소리가 요란스럽게 울려 퍼졌다. 에미르와 긴 수염의 장로들이 뽑아내는 통곡소리를 압도하려는 듯 북소리가 가장 크게 울렸다고 해야 틀림없을 것이다. 그들이 하도 눈물을 흘리는 바람에 몸은 기본적인 수분조차 바닥이 나버렸고, 눈은 푹 꺼져 쭈글쭈글해졌으며, 머리칼이 뿌리째 뽑혀 떨어지고 있었다. 그런 눈물의 교향곡이 너무나 고통스러웠던 누로니하르로서는 그걸 듣는 것에서 벗어난다고 해서 애석할 일은 없었다. 그녀는 왕의 가마에 칼리프와 동승했다. 그들은 가마 안에서 곧 자신들을 둘러쌀 장관을 상상하며 즐거움에 빠졌다. 낙담에 짓눌린 다른 아내들은 슬픔에 잠겨 흔들리는 가마 안에 앉아 있었고, 그동안에 딜라라는 이스타카르의 높은 대지臺地에 올라 불의 의식 감상을 고대하는 것으로 위안을 삼았다.

 나흘이 지났을 때 그들은 로크나바드의 널찍한 골짜기에 도달했다. 봄이 계절의 생기를 온통 뽐내고 있었고, 만개한 아몬드 나무의 괴기스러운 가지들이 파란 하늘을 알록달록 환상적으로 물들였다. 히아신스와 노랑수선화로 뒤덮인 땅은 거룩한 휴식의 영혼을 통해 발산되는 향기를 호흡하고 있었다. 또 무수한 꿀벌과 그에 못지않은 수를 자랑하는 산톤들이 그곳을 거처로 삼고 있었다. 시내 가장자리의 둑 위에는 벌집과 기도실이 번갈아 가며 나타났으며, 기도실의 말쑥함과 하얀 색깔은 그 사이사이에 솟아 있는 짙은 초록색 편백나무에 의해 더 두드러졌다. 신심이 깊은 이 사람들은 꽃과 과일, 특히 페르시아가 자랑하는 최고의 풍미를 뽐내는 사향참외가 넘쳐나는 작은 정원을 꾸미며 낙을 삼았다. 그들은 이따금씩 너른 초원에 흩어져서는, 눈보다 더 하얀 공작새들과 사파이어보다 더 파란 거북이들에게 먹이를 주며 즐거워했다. 바테크 일행의 선봉대가 선포를 할 때에도 그들은 이런 식으로 시간을 보내고 있었다. "로크나바드의 주민들이여! 너희의 맑디맑은 물가에 엎드려 하늘에 감사의 기도를 올려라. 하늘이 너희에게 영광의 광선을 보도록 허락하시지 않았더냐. 자, 보라! 믿는 자들의 사령관이 가까이 오셨다."

 불쌍한 산톤들은 거룩한 기운으로 가득 차서는 기도실에 밀랍 횃불을 밝히고 흑단 책상 위에 코란을 펼쳐 놓느라 부산을 떨면서, 벌집과 대추야자 열매와 멜론을 담은 바구니들을 들고 칼리프를 맞이하러 가기 위해 나섰다. 그러나 그들이 조심스러운 발걸음으로 장중한 행렬을 이루어 나아가는 동안, 왕의 일행에 속한 말들과 낙타들과 경비병들은 그들의 튤립과 다른 꽃들을 농락하며 끔찍한 난장판으로 만들어 놓는 것이 아닌가. 산톤들은 한 눈은 칼리프와 하늘에 고정시켜 놓고 있으면서도, 다른 한 눈으로는 주변에서 자행되는 파괴 행위를 안타까운 심정으로 볼 수밖에 없었다.

누로니하르는 어느 곳엔가 이르러 그 풍경에 넋이 빠졌다. 그녀는 유년기를 보냈던 곳의 즐겁고 한가한 기억을 되살려 준 그곳에서 멈추었다 가자고 바테크에게 간곡히 청했다. 하지만 바테크는 기도실 근처에 있는 모습을 보이면 이단자의 눈 밖에 날지 모른다고 생각하여 앞선 대열에게 가마를 내려놓지 말라고 명령했다. 이 야만적인 명령에 두려움에 사로잡힌 산톤들은 옴짝달싹하지 않고 서 있다가 끝내는 탄식을 터뜨렸다. 그러나 그들이 내뱉는 소리가 어찌나 청승맞은지, 바테크는 환관들에게 그들을 썩 쫓아내라고 명령했다. 그러더니 그는 누로니하르와 함께 가마에서 내려섰다. 그들은 함께 초원을 느긋하게 거닐었고 꽃을 따고 서로 천 가지 장난을 쳐가며 즐거운 시간을 보냈다. 그러나 무슬림들에게 충성을 다하는 꿀벌들은 경애하는 주인인 산톤들이 겪은 수모에 대해 앙갚음을 하는 것이 의무라고 생각했다. 꿀벌들이 무리를 지어 너무나 열심히 모여든 나머지, 칼리프와 누로니하르는 그들이 피할 수 있는 천막이 마련되어 있는 것을 보고 반색할 지경이었다.

식량징발관 역할을 맡은 바바발루크는 수완을 발휘해 공작과 거북이들을 잡아 갈채를 받음으로써 짐을 덜었다. 즉시 여남은 마리는 쇠꼬챙이에 끼워 굽고, 또 그만큼의 수를 프리카세✢로 요리하게 해서 사람들의 환호를 받은 것이다. 그들이 잔치를 벌이고, 웃고 흥청대며 마시고 푸짐한 연회의 즐거움에 빠져 너무나 방종하게 서슴없이 신성을 모독하고 있을 적에, 시라즈에서 물라와 샤이크✢✢와 카디와 이만이 도착했다(그들은 산톤들을 만나지 않은 듯 보였다). 그들은 코란의 구절이 새겨진 사대斜帶 고삐를 맨 일단의 당나귀들을 앞세우고 나타났는데, 당나귀의 등에는 이 나라가 자랑할 수 있는 최고의 과일들이 엄선되어 실려 있었다. 칼리프에게 공물을 바치면서, 그들은 자신들의 도시와 모스크에 친히 납시는 영광을 누리게 해달라고 청했다.

바테크가 말했다. "나를 그런 곳에 지체하게 할 수 있으리라고는 꿈도 꾸지 마시오. 그대들의 선물은 고이 받겠으나, 나를

....

✢ 송아지 혹은 닭고기를 잘게 썰어서 스튜로 만들거나 찜한 요리.
✢✢ 이슬람 세계에서 족장을 일컫는 말.

좀 가만히 내버려 두도록 간청하오. 왜냐하면 나란 사람은 유혹에 저항하는 것에는 크게 취미가 없어 놔서 말이지. 물러들 가시오. 하나 고귀한 분들을 발로 걸어가게 하는 것은 참다운 예가 아니고, 그대들이 동물을 능숙하게 부리면서 타고 갈 수 있을 것 같이 보이지도 않아서, 환관을 시켜 그대들을 당나귀에 묶어 주리다. 그대들이 내게 등을 보이는 자세가 되지 않도록 각별한 주의를 기울일 것이오. 환관들도 법도를 아는 자들이니까."

이 사절단에는 바테크를 얼간이로 업신여기는 등 기세등등한 샤이크 몇 명이 있었는데, 제 의견을 말하는 데 조금도 거리낌이 없었다. 바바발루크는 이들은 줄을 두 번 둘러 묶었다. 당나귀들에게는 쐐기풀을 엉덩이에 붙여 놓아 잔뜩 기합이 들게 했다. 당나귀들은 불가사의한 힘에 사로잡혀 겁을 먹고, 상상할 수 있는 가장 우스꽝스러운 방식으로 날뛰고 발을 차고 서로 부딪쳤다.

누로니하르와 칼리프는 그렇게 체면이 상하는 광경을 서로 누가 더 즐기는지 겨루었다. 그들은 개울에 곤두박질친 노인들과 당나귀들을 보고 걷잡을 수 없이 웃음을 터뜨렸다. 한 노인은 다리가 부러졌고, 다른 이는 어깨가 빠졌다. 또 다른 사람은 이가 부러졌으며, 나머지 사람들도 더하면 더했지 덜하지 않은 부상으로 신음했다.

새로운 어떤 사절단의 방해도 받지 않은 채 로크나바드의 즐거움에 이틀을 더 실컷 바치고 난 후 여행이 재개되었다. 오른쪽으로 시라즈를 내버려 둔 채 떠나면서 커다란 평원의 경계로 다가가고 있었다. 그곳에서부터 저 지평선 끝으로 이스타카르 산의 어둑한 정상이 보였다.

이 광경에 칼리프와 누로니하르는 뛸 듯이 기뻤고 그냥 지나칠 수가 없었다. 그들이 가마에서 땅바닥으로 뛰어내린 다음 어찌나 야단을 떨며 소리를 질렀는지, 그 소리를 들은 모든 사람들은 깜짝 놀랐다. 서로 질문을 던져 가며 그들은 외쳤다. "빛의 저 눈부신 궁궐에 다가가고 있는 것이 아닌가? 혹은 셰다드의 것보다 한층 즐거운 정원을 향해 가고 있는 것인가?" 얼빠진 이들, 필멸하는 자들이여! 그들은 이렇게 허황된 억측에 홀딱 빠져서는 가장 높으신 분의 뜻을 헤아리지 못했다!

바테크에 대한 관리 감독에서 아직 완전히 손을 떼지 않았던 선한 지니들은 일곱 번째 하늘에 있는 마호메트에게 가서 말했다. "자비로운 예언자시여! 자비로운 팔을 뻗어 당신의 대리인에게 미치소서. 그자는 자신의 적인 디베들이 파멸시키려고 준비해 놓은 올가미로 돌이킬 수 없이 떨어질 태세입니다. 이단자는 저 구역질나는 불의 궁궐에서 그가 도착하기를 기다리고 있고 말입니다. 그가 일단 발을 들여놓으면 영원한 지옥행을 면치 못하게 되지 않겠습니까."

마호메트가 진노한 목소리로 말했다. "그자는 내 대리인 자리에서 물러나야 몹시 마땅하겠으나, 한 번만 더 애를 써서 파멸을 추구하려는 그자의 마음을 뒤바꿀 수 있다면 너희의 시도를 허락하겠다."

이 인정 많은 지니 중 하나는 모든 데르비시와 산톤들보다 신심이 더 깊기로 이름이 높았는데, 대외적으로 양치기 역할을 맡아서 모습을 바꾸어, 하얀 양 떼가 모여 있는 언덕 비탈을 본거지로 삼기로 했다. 그는 지체 없이 행동에 들어가서는, 영혼 가장 깊은 곳을 정복하고 가책을 일깨우며 모든 경솔한 공상으로부터 멀리 떨어뜨려 놓는 멜로디, 가련한 멜로디의 플루트 연주를 쏟아내기 시작했다. 이 강력한 소리에 태양이 어둑어둑한 구름 뒤로 몸을 숨겼고, 근처에 있는 수정보다 더 맑은 작은 두 호수가 마치 피 같은 색깔로 물들었다. 칼리프의 무리가 저도 모르게 언덕의 내리막을 향해 끌려 내려가고 있었다. 그들은 각자 자기가 저지른 죄악을 나무라며 풀이 죽은 눈길로 당혹해 어쩔 줄 모르며 서 있었다. 딜라라의 가슴은 몹시 고동쳤고, 환관들의 수장은 회한에 젖어 한숨 쉬며 제 자신의 욕구를 충족시키려고 너무나 자주 고통을 주었던 여자들에게 용서를 간청했다.

가마 안에 앉아 있던 바테크와 누로니하르는 얼굴이 파리해졌고, 초췌해진 눈길로 서로를 바라보며 질책했다. 한 사람은 시커멓기 짝이 없는 천 가지 죄를 저지른 점과 불경에 대한 야심으로 세운 천 가지 계획을, 다른 사람은 가족을 황폐하게 만들고 사랑스러운 굴첸루즈를 파멸시킨 것을 책망하는 눈길이었다. 누로니하르는 그 치명적인 음악 속에서 죽어 가는 아버지의 신음 소리가 들린다고 믿었고, 바테크는 이단자에게 희생양으로 바친 쉰 명의 아이들 소리가 들린다고 믿었다. 알 수 없는 격심한 고뇌의 한복판에서 그들은 양치기에게로 떠밀려 가는 자신들을 발견했다. 그의 얼굴은 더할 나위 없이 위엄이 서려 있었고, 바테크는 난생처음으로 누군가에게 몹시 위압당하는 느낌을 받았다. 누로니하르는 손으로 얼굴을 가리고 있었다.

　음악이 멈추었고, 지니는 칼리프를 향해 서며 말했다. "미망에 사로잡힌 군주여! 신의 섭리가 너에게 수많은 백성들을 돌보라고 맡겼거늘, 그대의 사명을 완수한다는 게 이런 모양이란 말인가? 죄는 이제 지을 대로 다 지었다. 그러니 이제 서둘러 징벌을 향해 가고 있단 말인가? 그대도 알다시피, 이 산 뒤에는 에블리스와 그의 저주받을 디베들이 지옥의 제국을 움켜쥐고 있다. 그리고 그대는 악랄한 허깨비의 유혹에 넘어가 그들에게 굴복하러 가고 있다! 이 순간이, 은총이 그대에게 허락한 마지막 순간이다. 그대의 흉악한 목적을 단념하고 돌아가서 누로니하르를 제 아버지에게 되돌려 주라. 그는 간신히 생명의 명맥을 유지하고 있다. 그 모든 혐오스러운 소장품과 더불어 그대의 탑을 파괴하라. 그대의 조정에서 카라티스를 축출하라. 그대의 백성들을 공명정대하게 대하고 예언자 대신들을 존중하라. 그대의 불경을 본보기가 되는 생활로써 보상하라. 관능을 탐미하며 함부로 나날을 낭비하는 대신에, 조상의 무덤에 대고 그대가 지은 죄악을 깊은 비탄 속에서 반성하라. 그대는 태양을 가린 구름을 보고 있다. 태양이 장려한 영광을 되찾는 순간에 그대의 가슴이 변화하지 않는다면, 그대에게 할당된 자비의 시간은 영원히 지나가 버릴 것이다."

공포에 짓눌려 침울해진 바테크는 양치기의 발밑에 몸을 던져 엎드릴 지경이 되었다. 그는 지니가 인간보다 우월한 자연의 존재임을 알아보았다. 그러나 자존심이 그 마음을 분연히 압도하였다. 그는 대담하게 고개를 쳐들고 예의 그 무시무시한 응시를 지니에게 쏘아붙이며 말했다. "그대가 누구이든 간에 내 알 바 아니고, 그 쓸데없는 훈계는 접어 두시지. 그대가 나를 현혹할 수도 있겠지만, 그대 자신이 기만당하고 있는 것일 수도 있으니까. 그대가 그럴싸하게 꾸며 말하는 것처럼 만약 내가 그토록 죄악이 되는 일을 행했다면, 내게 은총을 위한 순간이 지금까지 남아 있을 리가 없지 않나. 나로 말하자면, 그대를 똑같이 떨게 만들 힘을 얻기 위해 피의 바다를 건넜다. 고지가 보이는데 내가 물러서리라고는 생각하지도 말고, 내가 나의 목숨 혹은 그대의 자비보다 더 소중한 여인을 포기하리라고도 생각하지 말게나. 태양이 다시 나타나게 하라! 태양이 내 업적을 비추게 해달라고! 내 업적이 어디에서 끝날지는 상관없다." 이렇게 말을 내뱉는 데, 지니는 전에 없이 오싹함을 느꼈다. 바테크는 누로니하르의 품에 몸을 던지면서, 가야 할 길로 되돌아가라고 말에게 명령했다.

마법이 효력을 다했거니와, 칼리프의 종들이 이 명령에 복종하는 데는 아무런 장애물이 없었다. 태양이 그 모든 영광 속에서 빛을 발했고, 양치기는 비탄의 외침을 내지르며 사라졌다.

그럼에도 불구하고 바테크 수행원단의 가슴에는 지니가 들려 준 음악이 선사한 치명적인 인상이 계속 남아 있었다. 그들은 경악스러운 눈으로 서로를 바라보았고, 밤이 다가오자 그들 중 거의 모두가 도망쳐 버렸다. 그리하여 많은 사람들 중에 환관장과 몇몇 맹신적인 노예들, 딜라라와 다른 몇 안 되는 여자만 남았다. 그들은 딜라라와 마찬가지로 조로아스터교의 열렬한 신봉자였다.

'어둠의 지성'에 맞는 법을 세우려는 야심에 불타는 칼리프였다. 그러니 그는 이 이탈 사태에 대해서는 거의 당혹감조차 느끼지 않을 정도였다. 피가 격렬하게 솟구치는 바람에 잠을 잘 수 없었고, 더 이상 전처럼 야영을 하지도 않았다. 바테크보다도 인내심이 없는 누로니하르는 행군을 서두르라고 그를 계속 졸라 댔고, 온갖 생각을 흩트려 놓기 위해 애무를 퍼부어 댔다. 만약 바테크보다도 인내심이 없는 일이 가능하다면 말이다. 그녀 스스로도 발키스보다 이미 강해진 자신을 공상하며, 왕좌 아래 지니들이 납작 엎드려 있는 모습을 그려 보는 것이었다.

이런 식으로 그들은 골짜기로 들어서는 일종의 관문 역할을 하는 우뚝 솟은 바위가 보일 때까지 달빛을 의지 삼아 앞으로 나아갔다. 바위 선단에는 이스타카르의 방대한 폐허가 펼쳐져 있었다. 산에는 여러 왕의 묘가 솟아올라 희미하게 빛을 내고 있었는데, 밤의 어둠 때문에 그 모습이 한층 더 무시무시해 보였다. 그들은 버려지다시피 한 마을 두 개를 통과해 지나쳤다. 유일한 주민인 몇몇 쇠약한 늙은이들이 말과 가마들을 보고는 땅에 무릎을 꿇고 부르짖었다.

"오, 하늘이시여! 그러니까 우리를 여섯 달 동안 괴롭히던 망령들이 이것이란 말입니까? 아, 슬프도다! 산 아래서 이 유령들이 벌이는 소란 때문이었구나. 우리 사람들이 줄행랑을 놓고 해로운 악마들의 자비에 우리를 맡겨 놓고 떠난 것이!"

바테크에게는 이 불평이 앞날에 대한 재수 없는 조짐 같았기에 남루한 늙은이들의 몸 위를 말과 가마로 밀고 가버렸다. 그리고 마침내 검은 대리석으로 된 고대高臺의 발치에 다다랐다. 가마에서 내린 그는 누로니하르의 손을 잡아 내려 주고, 둘은 방망이질 치는 가슴을 부여안고 주변을 연방 둘러보았다. 그리고 불안한 전율을 느끼며 이단자가 다가오기를 기다렸다. 하지만 그의 등장을 알리는 신호는 아직 어디에도 없었다.

죽음과 같은 정적이 산 위와 대기를 뚫고 덮쳐 오고 있었다. 달이 거대한 단 위에 높이 솟은 기둥들의 그림자를 부풀렸다. 셀 수 없이 많은 음침한 망루는 지붕도 없이 그대로 드러나 있었고,

지구상 그 어디에도 기록되어 있지 않은 건축 양식의 기둥머리들은 어둠의 새들이 은신처로 이용하고 있었다. 새들은 다가오는 방문단을 보고 놀라 깍깍 울며 도망가 버렸다.

환관장은 두려움에 덜덜 떨면서 바테크에게 불을 밝히자고 빌었다.

"안 된다!" 그가 대꾸했다. "그런 사소한 일에 신경 쓸 겨를이 없다. 지금 이 자리에 꼼짝 말고 있으면서 내 명령을 기다려라."

이렇게 말하면서 바테크는 누로니하르에게 손을 내밀고 거대한 계단을 올라 고대에 가 닿았다. 네모난 대리석 판석으로 짠 고대는 잔잔한 물결이 펼쳐져 있는 듯이 보였고, 표면에는 잎사귀 하나 차마 자라나지 못할 듯싶었다. 오른편으로는 거대한 궁궐의 잔해 앞으로 망루들이 널찍이 퍼져 있었다. 궁궐의 벽은 다양한 인물상으로 돋을새김이 되어 있었고, 그 앞에는 표범과 그리핀 등으로 구성된 거대한 피조물의 동상 네 개가 서 있었다. 비록 돌에 지나지 않았지만, 공포스러운 감정을 불러일으키기에는 부족함이 없었다. 근처에는 그곳을 휩쓸고 있던 달의 광휘에 이단자의 언월도에 새겨져 있던 예의 글자들이 드러나 보였다. 시시각각 변하는 특징도 똑같았다. 글자는 한동안 흔들리다가 마침내 아라비아 글자로 고정돼서는 칼리프를 향해 다음과 같은 말을 전했다.

'바테크! 그대는 내 양피지에 쓰인 조건을 위반하였다. 그러니 그대를 돌려보내야 마땅할 것이다. 하지만 그대의 동반자에 대한 호의로, 또 그것을 얻기 위해 그대가 했던 일에 대한 대가로 에블리스께서는 궁궐 문을 열기로 허락하셨다. 그리고 지하의 불이 그대를 맞이하여 그 숭배자들 무리 속에 그대가 들어가게 할 것이다.'

그가 이 글을 다 읽어 갈 즈음에 고대를 받치고 있던 산이 몸을 떨기 시작했고, 망루들이 그들 위로 금방이라도 곤두박이로 쓰러질 태세를 했다. 바위가 벌어지면서 안에서 광을 낸 대리석 계단이 모습을 드러냈다. 계단은 심연을 통해 이어져 있는 듯했고, 각 층계마다 횃불이 두 개씩 꽂혀 있었다. 누로니하르가 계시에서 보았던 것과 같았다. 횃불에서 올라오는 장뇌 섞인 연기가 둥근 천장 아래 구름을 이루었다.

이 광경은 파크레딘의 딸에게 공포 대신 새로운 용기를 안겨 주었다. 그녀는 달과 창공에 작별을 고하는 둥 마는 둥 하고는 조금도 주저하지 않고 맑은 대기를 저버리고는, 지옥의 공기를 폐부 깊숙이 찔러 넣었다. 이 불경스러운 인사들의 발걸음은 도도하고 결연했다. 횃불이 발하는 빛을 따라 내려가면서 그들은 너나 할 것 없이 감탄에 젖어 서로를 바라보았다. 그리고 휘황찬란한 광휘가 깃들어 자기들이 벌써 영적인 존재가 되었다고 결론을 내렸다. 그들을 당혹스럽게 한 유일한 사정이 있는데, 계단의 끝 밑바닥까지 아직 도달하지 못했다는 점이었다. 그들은 어찌나 열성적으로 서둘러 내려갔는지, 걷는 것이 아니라 벼랑에서부터 추락하고 있는 것처럼 보였다. 하지만 그들의 발걸음은 거대한 흑단 문 앞에 이르러 드디어 중단되었다. 그 문이라면 칼리프가 어려움 없이 알아볼 수 있었다. 이곳에서 이단자가 손에 열쇠를 들고 기다리고 있었다.

"환영하네." 그가 핏기라고는 찾아볼 수 없는 미소를 보이며 말했다. "마호메트와 수하들의 방해에도 불구하고 용케 찾아왔군. 이제는 이곳에 올 자격을 갖추고도 남았으니, 궁궐 안으로 그대를 들이겠다."

이 말을 하는 동안 그는 열쇠를 유약을 입힌 자물쇠에 넣었다. 문이 일시에 활짝 열렸고, 산중의 천둥소리보다 더 큰 소리가 났다. 그들이 들어서는 순간에 문이 불쑥 닫혔.

칼리프와 누로니하르는 경이로움에 젖어 서로를 바라보았다. 그곳은 둥근 천장으로 막혀 있다고는 해도 그토록 널따랗고 높을 수가 없어서, 바로 눈앞에서 보면서도 믿기가 힘들었다. 처음에는 끝을 알 수 없는 평원에 들어와 있는 게 아닌가 생각될 정도였다. 그러나 앞에 놓인 웅장함에 눈이 점차 익숙해져 갔고, 멀리까지 시야를 뻗쳐 가면서 늘어서 있는 기둥과 회랑 들을 발견했다. 그것들은 점점 줄어드는가 싶더니 하나의 점으로 끝이 났다. 대양을 향해 최후의 광선을 드리우는 태양의 마지막 광점

같다고나 할까. 금가루와 사프란으로 뒤덮인 잘 닦은 길은 무척 미묘한 향을 내뿜었다. 그들은 하마터면 그 냄새에 꼼짝도 못하고 정신을 놓을 뻔했다. 하지만 그들은 계속 나아갔고, 무수히 놓인 향로를 보았다. 향로에서 향유고래의 창자와 알로에 나무가 끊임없이 타오르며 향을 뿜고 있었다. 여러 기둥들 사이에는 산해진미와 수정 병에서 반짝이는 온갖 종류의 술이 펼쳐진 테이블들이 마련되어 있었다. 그리고 남과 여로 짝을 이룬 지니와 다른 환상의 정령들이 떼를 지어 춤추었다. 저 밑에서부터 올라온 음악에 맞추어서였다.

이 거대한 홀의 한복판으로 엄청난 인파가 그칠 새 없이 지나갔다. 그들은 너나 할 것 없이 모두 오른손을 심장이 있는 가슴에 꼭 붙인 채 주변에는 전혀 시선을 주지 않고 지나갔다. 그들 모두 온통 죽음의 흙빛 창백함으로 가득 차 있었다. 푹 꺼진 눈은 송장 매장지에서 밤에나 빛을 발할 듯한 반딧불이를 닮아 있었다. 어떤 이들은 깊고 깊은 공상에 푹 잠겨 천천히 휘적휘적 걸었다. 어떤 이들은 격심한 고통에 비명을 지르며 마치 독화살에 상처 입은 호랑이처럼 맹렬하게 뛰어다녔다. 다른 이들은 분노로 이를 갈아 대며 게거품을 물고 세상에서 가장 격렬한 미치광이보다도 더 미쳐 날뛰었다. 그들은 서로를 피했고, 아무도 셀 수 없을 만큼 많은 군중에 둘러싸여 있음에도 불구하고 마치 그 누구의 발길도 닿지 않았던 사막에 홀로 있는 듯, 나머지에게 전혀 신경을 쓰지 않은 채 제각각 배회하였다.

너무나 사악한 광경을 목도하고 두려움에 바짝 얼어 버린 바테크와 누로니하르는 이 광경이 무엇을 의미하는지, 이 정처 없이 걸어 다니는 유령들이 가슴에서 손을 절대로 떼지 않는 이유가 무엇인지 물었다.

"알아야 할 게 넘치고 넘치는데 지레 성급하게 굴 것 없다." 그가 퉁명스럽게 대꾸했다. "머지않아 어느 순간에 이 모든 것을 한꺼번에 잘 알게 될 테니까. 발길을 재촉해서 에블리스를 뵈러 가자."

그들은 군중을 헤치며 가던 길을 계속 갔지만, 처음에 품었던 확신과는 달리 오른편과 왼편으로 열린 홀과 회랑의 다양한 볼거리를 유심히 살펴볼 침착함은 적이 잃고 말았다. 그곳은 횃불과 화로로 온통 환하게 밝혀졌고, 그 불빛은 둥근 천장까지 피라미드 형태로 솟아올라 있었다. 마침내 그들은 선홍색과 황금색으로 수를 놓은 기다란 휘장이 온 사방에 엄청나게 어지러이 드리워진 천막에 당도했다. 이곳까지 오니 노래를 부르고 춤추는 소리가 더 이상 들리지 않았다. 빛도 아득히 저 먼 곳에서 어렴풋하게 비쳐 올 뿐이었다.

한참이 지나고 나서 바테크와 누로니하르는 휘장을 뚫고 새어 나오는 어슴푸레한 빛을 알아보았다. 그리고 표범 가죽으로 만든 거대한 카펫이 깔린 곳으로 들어섰다. 치렁치렁 수염을 기른 무수한 노인들과 갑옷을 완전히 갖추어 입은 아프리트들이 우뚝 솟은 고대로 이어지는 비탈길 아래에 엎드려 있었다. 그 꼭대기, 둥근 공 모양의 불 위에 무시무시한 에블리스가 앉아 있었다. 그의 풍모는 젊은이와 같았고, 고귀하고 균형 잡힌 용모는 지극히 사악한 증기에 더럽혀진 것만 같았다. 커다란 눈에는 자부심과 절망이 동시에 풍겨 나왔다. 풍성하게 출렁이는 머리칼에는 빛의 천사의 머리칼과 비슷한 부분이 약간은 남아 있었다. 천둥을 맞은 손으로는 괴물 우라나바드와 아프리트들, 심연의 모든 초자연적 힘들을 벌벌 떨게 만드는 철제 홀을 흔들고 있었다. 그의 모습을 보자 칼리프의 가슴은 바짝 쪼그라들고 말았다. 그는 난생처음 보는 그 앞에 몸을 엎드렸다. 하지만 누로니하르는 크게 당황하기는 했어도, 에블리스의 모습을 보고 감탄을 금할 길이 없었다. 무시무시한 거인을 보게 되리라 예상하고 있었기 때문이다. 어떤 수로 상상할 수 있는 것보다도 부드럽지만, 그만큼 가장 깊은 우울로 영혼을 물들일 목소리로 에블리스가 말했다.

"흙으로 빚어진 피조물들이여, 너희를 나의 제국으로 받아들이노라. 너희는 나의 숭배자 무리의 일원이 되었다. 이 궁전이 제공하는 것은 무엇이든지 마음껏 즐겨라. 아담 전 시대 술탄들의 보물, 그들의 반짝이는 언월도 그리고 카프 산의 광활한 지하 세계를 디베들이 열지 않을 수 없게 만들었던 부적들도 다 보아

라. 아무리 너희의 호기심이 만족을 모른다고 해도, 그곳에서는 만족하고도 남을 것이다. 너희는 아헤르만의 요새와 아르겐크의 방들에 들어가는, 남이 가지지 못하는 특권을 누리게 될 터이다. 그곳에는 영을 부여받은 모든 피조물들이 펼쳐질 것이고, 너희가 인류의 아버지라고 칭하는 그 비천한 존재의 창조 전부터 지상에 살았던 각양각색의 동물들이 있다."

에블리스의 호언에 기운을 되찾고 힘을 얻은 바테크와 누로니하르는 이단자에게 간절히 말했다.

"그 소중한 부적들을 품은 곳으로 우리를 당장 데려가 다오."

"오라!" 이 사악한 디베가 가증스러운 회심의 미소를 지으며 대답했다. "오라! 그리고 나의 군주께서 약속하신 모든 것에다가 덤까지 모두 손에 넣어라."

그러더니 그는 방금 있던 천막에 인접한 기다란 통로로 그들을 인도하고는 발걸음을 서둘러 앞서 나갔다. 그의 신봉자들이 극도로 민첩하게 뒤를 따랐다. 그들은 마침내 높이 솟은 돔 지붕으로 덮인 어마어마하게 넓은 홀에 당도했다. 방을 둘러싸고 쉰 개의 청동 문이 나타났는데, 모두 철로 된 잠금쇠로 단단히 잠겨 있었다. 장례식의 음침한 분위기가 이곳을 뒤덮었다. 이곳의 썩지 않는 삼나무 침대 두 개 위에 아담 전 시대 왕들의 살이 다 없어진 형체가 누워 있었다. 그들은 온 지구의 군주들이었다. 그들은 현재의 처참한 몰골을 의식하고도 남을 만큼 생명이 붙어 있었다. 우울한 눈빛을 하고 눈동자가 여전히 움직였고, 이를 데 없이 실의에 빠진 눈길로 서로를 바라보았다. 모두 가슴에 붙인 오른손을 꿈쩍도 하지 않았다. 발치에는 여러 통치 업적과 그들의 권능, 그들의 오만과 죄상이 새겨져 있었다. 솔리만 라드, 솔리만 다키, 솔리만 디 기안 벤 기안이었다. 여기서 마지막 군주로 말하자면, 카프의 어두침침한 굴에 디베들을 묶어 놓은 다음, 지고한 신을 의심할 만큼 오만방자해져 버린 사람이었다. 솔리만 벤 다우드의 고귀함에는 비할 바가 못 됐지만, 이 모든 왕들은 훌륭한 상태를 유지하고 있었다.

매우 지혜롭기로 이름난 이 왕은 지금 이 고대에서도 가장 높은 곳, 돔 천장 바로 아래 자리를 차지하고 있었다. 그는 나머지 왕들보다도 생의 활기를 더 많이 지닌 듯이 보였다. 비록 간혹가다 무거운 한숨을 힘겹게 내쉬기는 했지만, 동료들과 마찬가지로 오른손은 심장이 있는 가슴 자리에 꼭 붙이고 있었다. 그는 다른 왕들보다 한층 침착한 표정이었고, 크기를 가늠할 수 없을 만큼 거대한 폭포의 음울한 포효에 귀를 기울이고 있는 듯 보였다. 폭포는 문들의 쇠살대 사이로 일부분이 보였다. 이 음산하기 짝이 없는 저택의 정적을 방해하는 유일한 소리였다. 왕이 누운 고대 주위를 둘러싸고 놋쇠로 만든 단지들이 쭉 놓여 있었다.

"이 불가사의한 보고의 덮개를 벗겨라." 이단자가 바테크에게 말했다. "그리고 부적을 실행하여 이 모든 청동 문을 산산조각으로 부숴라. 그러면 너는 그 안에 담긴 모든 보물들뿐만 아니라, 보물을 수호하는 영들의 주인이 될 것이다."

불길한 서막에 그렇지 않아도 완전히 혼란에 빠진 칼리프는 휘청거리는 발걸음으로 단지들 앞에 다가갔고, 솔리만의 신음을 들었을 때는 공포로 금방이라도 주저앉아 버릴 태세였다. 그가 일을 계속 진행하려는데, 예언자의 잿빛 입술에서 흘러나온 다음과 같은 말이 분명하게 들렸다.

"살아 있을 적에 나는 오른편에 황금 의자 1만 2천 개를 두고 내 왕좌를 충만함으로 채웠다. 그곳에 앉아 족장들과 예언자들이 내 교리를 들었다. 왼편으로는 같은 수의 은 의자에 현자들과 박사들이 앉아 내가 결정을 내리는 모든 자리에 있었다. 내가 이렇듯 무수한 군중에게 정의를 베풀고 있는 동안에, 바람의 새들이 머리 위에서 태양 빛을 가리는 그늘 노릇을 해주었다. 나의 백성들은 번영했으며, 나의 궁궐은 구름까지 올라갔다. 나는 지극히 가장 높은 곳까지 이르는 사원을 세웠다. 그것은 우주의 경이가 아닐 수 없었다. 그러나 나는 저열하게도 여자들의 사랑과 지상과 현세의 것들로 묶어 둘 수 없는 호기심에 유혹되어 고통받았다. 나는 아헤르만과 파라오의 딸이 하는 조언에 귀를 기울였고, 불과 하늘의 대천사들을 숭배했다. 나는 성스러운 도시를 저버렸고, 지니들에게 이스타카르에 거대한 궁궐을 세우도록 명했다. 하나하나가 별 하나하나에 바쳐지는 망루들의 고대를 지으라고 했다. 그곳에서 한동안 영광과 쾌락의 절정을 흐드러지게 즐겼다. 인간들이야 말할 것도 없고, 초자연적인 존재들조차 내 뜻에 지배를 받았다. 나는 주변의 이 불행한 군주들이 이미 그렇게 생각했던 것처럼, 하늘의 응징은 잠들었다고 생각하기 시작했다. 그렇게 생각하는 순간에 벼락이 내려 내가 세운 구조물들을 박살 내고 나를 이곳으로 몰락시켰다. 하지만 나는 이곳의 다른 거주자들처럼 완전히 희망을 잃은 채로 지내지는 않는다. 왜냐하면 빛의 천사가 내 지난 시절의 신심을 참작해 주어, 저 폭포가 물줄기를 영원히 멈출 때면 내 비탄도 끝장날 것임을 계시로써 일러 주었기 때문이다. 그때까지 나는 고통 속에서, 말로는 이루 표현할 수 없는 고통 속에 있을 것이다! 무자비한 불이 내 심장을 잡아먹고 있는 동안은 말이다!"

이 절규를 내뱉으면서, 솔리만은 간청의 표시로 양손을 하늘을 향해 들어 올렸고, 칼리프는 수정처럼 훤히 비치는 그의 흉부 속에서 불길에 휩싸인 심장을 알아보았다. 그저 너무나 두렵기만 한 광경에 누로니하르가 마치 못이 박힌 것처럼 꼼짝 못하다가 바테크의 품으로 몸을 던졌다. 바테크는 발작적으로 흐느끼면서 부르짖었다.

"오 이단자여! 대관절 우리를 어디로 데려온 것이냐? 떠나게 해달라. 그러면 네가 약속했던 그 모든 것을 단념하마. 오, 마호메트여! 당신께는 아무런 자비도 남아 있지 않단 말입니까?"

"조금도! 조금도!" 악의에 찬 디베가 대꾸했다. "이 처량한 군주여! 그대는 지금 복수와 절망이 사는 곳에 있음을 알라. 그대의 심장도 점화될 터이니, 에블리스의 다른 신봉자들과 마찬가지로 말이다. 이 치명적인 시기가 오기까지는 며칠이 남았다. 그 시간은 마음대로 써도 좋다. 이 황금 더미 위에서 뒹굴어라. 지옥의 세도가들을 부려라. 이 거대한 지하 세계 구석구석에서 쾌락을 한껏 즐겨라. 어떤 장애물도 그대 앞을 막지는 않으리니. 나로 말할 것 같으면, 임무를 완수했다. 이제 나는 그대를 홀로 남겨 두고 떠나리라." 이 말과 함께 그는 사라져 버렸다.

칼리프와 누로니하르는 이루 말할 수 없이 비참한 고뇌에 빠져 버렸다. 눈물조차 흐르지 않고, 제대로 몸을 가누기도 힘든 지경이었다. 마침내 그들은 낙담해서 서로의 손을 붙잡고 이 파멸의 방에서 비트적거리며 나갔다. 어느 쪽을 택해서 즐길지 관심조차 없었다. 그들이 다가가는 모든 문이 활짝 열려 있었다. 디베들은 그들 앞에 엎드렸다. 모든 값진 보물의 저장고가 눈앞에 드러났다. 그러나 그들은 호기심, 오만, 허욕이 더 이상 자극되지 않았다. 지니들의 합창을 들어도, 그들을 기쁘게 하기 위해 차려진 호화로운 연회에도 아무런 감각을 느낄 수 없었다. 그들은 방에서 방, 홀에서 홀, 회랑에서 회랑을 허깨비처럼 돌아다녔다. 모든 곳이 경계도, 끝도 없었다. 모든 곳이 똑같이 험악한 어둠으로 뒤덮인 것이 눈에 들어왔고, 모든 곳이 끔찍한 장관으로 가득 차 있었다. 어디를 가나 휴식과 위안을 찾아 헤매는 사람들이 돌아다녔다. 그러나 무슨 소용으로 휴식과 위안을 찾아다닌단 말인가. 불에 타고 있는 심장을 안고 다니면서 말이다. 이들 수난자는 서로 마주치기를 꺼려했는데, 눈길로 보아 자신과 함께 죄상을 나눈 동료들을 나무라는 듯했다. 바테크와 누로니하르는 그들에게서 벗어나 무시무시한 불안 속에서 서로가 서로에게 공포의 대상이 될 순간을 기다렸다.

"이런!" 누로니하르가 절규했다. "제가 당신의 손에서 제 손을 잡아 뺄 그날이 오는 걸까요!"

"아!" 바테크가 말했다. "내 눈이 그대의 눈에서 즐거움을 들이켜는 것도 영영 멈추고 말 것인가! 서로 나누던 황홀경의 순간이 공포를 불러일으키게 된단 말인가? 이곳에 나를 데려온 것은 그대가 아니다. 내 어린 시절을 빗나가게 한 카라티스의 사상이 나를 파멸시킨 유일한 원인이다!" 그는 이 고통스러운 기분을 쥐어짜듯 뱉어내면서, 화로를 휘적거리고 있던 아프리트 하나를 불러서 사마라 궁전의 왕비 카라티스를 데리고 오라고 명령했다.

그런 뒤에 칼리프와 누로니하르는 과묵한 군중 사이를 계속해서 걸었다. 회랑의 끝에서 얘기를 나누는 목소리가 들려왔다. 그들과 마찬가지로 최후의 운명을 기다리는 어떤 불행한 존재들로부터 흘러나오는 소리려니 생각한 그들은, 소리를 따라가다가 작고 네모난 방에 이르렀다. 젊고 잘생긴 다섯 명의 남자들과 어여쁜 여자 한 명이 소파 위에 앉아 있었다. 등불이 희미하게 빛나는 방에서 그들은 모두 침울하게 대화를 나누는 중이었다. 그들은 모두 침울하고 비참한 분위기를 풍겼으며, 두 명은 몹시 다정하게 서로를 끌어안고 있었다. 들어서는 칼리프와 파크레딘의 딸을 보자, 그들은 자리에서 일어나 절을 하고 앉을 자리를 마련해 주었다. 가장 중심적인 인물로 보이는 사람이 바테크에게 다음과 같이 말했다.

"낯선 분들이여! 우리들과 똑같이 불안에 떨고 있을 게 틀림없을 테지요. 아직 심장에 손을 얹지 않을 것을 보면 말입니다. 우리가 모두 함께할 형벌에 앞서 배당된 단계에 이리로 왔다면, 이 파멸의 장소로 당신들을 이끈 모험 이야기를 나누어 주십시오. 그러면 우리는 대가로 우리의 모험 이야기를 들려 드리겠습니다. 들으셔도 아무 후회가 없을 이야기지요. 우리에게는 뉘우침이 허락되지 않았지만, 우리 죄상의 근원까지 한번 더듬어 가 보려고 합니다. 그게 우리같이 다 망해 버린 사람들에게 꼭 들어맞는 유일한 일이 아니겠습니까!"

칼리프와 누로니하르는 그들의 제안에 찬동했고, 바테크는 눈물도 비탄도 보이지 않고 그가 겪어 온 사정을 거짓 없이 읊기 시작했다. 이 괴로운 이야기가 마무리되었을 때, 바테크에게 말을 걸었던 예의 그 청년이 자신의 자신의 이야기로 들어갔다. 각자 순서대로 이야기를 계속했고, 네 번째 왕자가 자신의 모험 이야기의 절정에 다가갔을 때, 갑작스럽게 시끄러운 소리가 나는 바람에 이야기가 중단되었다. 그 소리에 둥근 천장이 흔들리더니 이내 열리기 시작했다.

구름 하나가 곧장 내려와 서서히 흩어져 사라지는가 싶더니, 아프리트 등 뒤에 업힌 카라티스가 모습을 드러냈다. 아프리트는 등 뒤에 진 짐이 성가셔서 불평을 해댔다. 그녀는 곧바로 땅위로 뛰어내려서는 아들을 향해 다가와 말했다.

"이 조그만 사각 방에서 무엇을 하고 있는 게냐? 디베들이 네가 부리는 대로 따르는 종이 되었을진대, 나는 네가 아담 전 시대 왕들의 왕좌에 있을 줄로 알았다."

"저주 내릴 여인이여!" 칼리프가 대답했다. "그대가 나를 낳은 날에 저주 있으라! 가시오, 이 아프리트를 따라가란 말이오. 그가 예언자 솔리만의 방으로 그대를 인도할 테니까. 그곳에서 이 궁전들이 어떤 용도로 운명 지어져 있는지 알게 될 것입니다. 그리고 그대가 가르쳐 준 그 불경한 지식을 내가 얼마나 혐오할 수밖에 없는지도 알게 될 것입니다."

"저 가장 높은 권능에 도달하더니 네 머리가 돌아 버린 게 분명하구나." 카라티스가 대답했다. "하나 예언자에 대한 내 존경을 보여 드릴 수 있다면야 더 바랄 게 없지. 하지만 이 아프리트가 너나 나나 사마라로는 돌아가지 못할 것임을 알려 주었거니와, 그럼 그전에 용무를 처리하게 해달라고 요청했고 그도 정중하게 승낙했다는 걸 알아 두면 좋겠다. 그러니까 팔을 걷어붙이고서 내게 허락된 얼마 안 되는 시간 동안 탑에 불을 놓고 그 안에 있던 벙어리들과 흑인 여자들과 뱀들을 불태워 버렸다. 참으로 내게 잘 봉사해 주었던 것들이지. 모라카나바드도 그렇지. 마침내 네 동생에게 투항해 버림으로써 나를 방해하지 않았다면, 그들에게 보다 더한 친절을 베풀어 주었을 텐데 말이다. 바바발루크는 사마라로 돌아와 알량한 선의로 네 아내들에게 남편을 구해 준답시고 설치는 우를 범했지. 할 수만 있다면 내 틀림없이 그자를 고문했을 것이나, 시간이 촉박하여 그러지 못했다. 하지만 서둘러 네 아내들과 함께 덫에 빠뜨려 목만 매다는 데 그쳤지. 후궁들은 내 흑인 여자들의 도움으로 산 채로 땅에 묻었다. 흑인 여자들은 살아 있는 마지막 순간을 아주 흡족하게 보낸 셈이야. 내가 언제까지나 가장 어여삐 여길 딜라라에 대해 얘기하자면, 그 아이는 한 조로아스터교 승려를 섬기면서 이 근처에 자리를 잡는 것으로 자기 정신의 위대함을 증명해 보였고, 곧 우리 중 하나가 될 것이라고 생각한다."

어머니가 늘어놓는 소리에 분노를 표할 기운도 없이 의기소침해진 바테크는 아프리트에게 카라티스를 썩 물러나게 하라고 명령했다. 그러고는 생각에 계속 잠겼는데, 그의 동반자는 감히 방해할 생각조차 하지 못했다.

그런데도 카라티스는 솔리만의 돔으로 열에 들떠 들어가서는 그의 신음에는 아예 아랑곳하지 않은 채, 단지들의 덮개를 아무렇지도 않게 벗겨내고 부적들을 흥분에 겨워 난폭하게 부여잡았다. 그러더니 이 대저택에서 일찍이 들어 본 바 없는 커다란 목소리로 가장 비밀스러운 보물들을, 가장 깊숙한 곳의 보고를 자기에게 보이라고 다그쳤다. 그런 모습은 아프리트조차 본 적이 없는 모습이었다. 그녀는 에블리스와 그가 가장 총애하는 군주들만 아는 가파른 내리막길을 지나쳐서 지구의 가장 깊숙한 폐부를 뚫고 들어갔다. 그러니까 얼음장처럼 차가운 죽음의 바람 산사르의 밑으로 파고 들어갔던 것이다. 두려움을 모르는 그녀의 영혼에 거칠 것은 아무것도 없었다. 하지만 가슴에 손을 얹고 다니는 이곳의 모든 수용자들을 보고는 약간 기이하다고, 자기 취미와 별로 맞지 않다고는 생각했다. 그녀가 심연들의 한 군데에서 올라와 모습을 드러내자, 에블리스는 앞으로 나와서 그녀에게 모습을 보였다. 그러나 에블리스가 지옥 통치자로서의 온갖 위엄을 뿜어내고 있는데도, 그녀는 얼굴색 하나 변하지 않고 심지어는 엄청난 도도함으로 인사했다.

이 찬란한 영광의 군주가 대답했다. "왕비여, 그 지식과 죄상이 내 제국에서조차 두드러진 위치에 있는 그대여. 남아 있는 여가를 잘 활용하구려. 그대의 심장을 움켜쥘 준비가 된 불과 고문 도구가 그대를 마음껏 가지고 노는 일은 어차피 해낼 터이니." 그는 이렇게 말하고 나서 천막에 드리운 휘장 사이로 사라졌다.

카라티스는 놀라움에 잠깐 멈칫했다. 그러나 에블리스의 충고를 따르기로 작정하고 지니들로 구성된 합창단 전부와 모든 디베들을 모아 자기에게 경배를 올리게 했다. 그녀는 이렇게 악의에 찬 모든 영들의 환호와 박수를 한 몸에 받으며 승리감에 젖어 향을 내뿜는 증기 사이를 헤치고 행진했다. 이 영들의 대부분은 전에 이미 안면을 터놓은 터였다. 그녀는 심지어 솔리만 가운데 한 명에게서 왕관을 벗기려고 했는데, 그의 자리를 강탈하려는 목적에서였다.

그때 죽음의 심연으로부터 한 목소리가 흘러나와 공포했다. "모두 다 이루어졌도다!" 그 순간 대담무쌍한 왕비의 도도한 이마가 극심한 고통으로 구겨졌다. 그녀는 무시무시한 비명을 질러 댔고, 다시는 가슴에서 뗄 일이 없어질 오른손을 가슴에 갖다 붙였다. 심장은 영원히 타오르는 불을 담는 그릇이 될 터였.

섬망에 사로잡혀, 모든 야심에 찬 계획과 필멸하는 자들에게는 영원히 숨겨야 할 지식에 대한 갈증도 까맣게 잊어버린 채, 그녀는 지니들이 바친 공물을 뒤집어엎고, 자기가 이 세상에 태어난 사실에, 그리고 자신을 낳은 자궁에 저주를 퍼부었다. 그러고는 몸이 보이지 않을 만큼 빙글빙글 돌았다. 그러고도 간단없이 계속 도는 것이었다.

거의 같은 순간에 같은 목소리가 칼리프와 누로니하르, 다섯 명의 왕자들과 공주에게 끔찍하고도 돌이킬 수 없는 판결을 포고했다. 그들의 심장에 곧장 불이 떨어졌고, 그들은 하늘이 내린 선물 중 가장 귀중한 것, 즉 희망을 일시에 잃었다. 이 불행에 빠진 존재들은 가장 격심한 광기의 눈길을 내뿜으며 뒤로 주춤했다. 바테크는 누로니하르의 눈에서 분노와 복수심 말고는 아무것도 볼 수 없었고, 그녀도 그의 눈에서 혐오와 절망 말고는 아무것도 볼 수 없었다. 친구 사이였으며 그 순간이 되기 전까지는 죽고 못 살 정도로 친했던 두 왕자는 뒤로 움찔 물러나서는, 이를 갈아 대며 변치 않을 증오를 나누었다. 칼릴라와 그의 누이는 서로 저주를 주고받았으며, 그동안에 다른 두 왕자는 모골이 송연해지는 발작적 몸짓과 결코 눅일 수 없는 비명으로 서로에 대한 공포를 증명해 보였다. 모두 저주받은 인파 속으로 제각각 돌진했다. 영원히 줄어들지 않는 고통 속에서 배회를 시작하기 위해 무리 속에 낀 것이다.

그것은 고삐 풀린 정열과 악독한 행위에 대한 징벌이었고, 그들이 받아 마땅한 징벌이었다. 그것은 창조주가 인간의 지식에 쳐놓은 울타리를 넘는 눈 먼 야망에 대한 응징이었고, 그들이 받아 마땅한 응징이었다. 순수한 지성에게만 제한된 발견을 노리는 것으로 오만에 도취되어, 인간이란 무지하고 비천하게 생겨 먹은 존재임을 알지 못해 스스로 불러들인 응징이었다.

그리하여 칼리프 바테크란 자는 껍데기뿐인 과시와 금지된 권세를 위해 천 가지 죄로 더럽혀지고, 끝이 없는 비탄과 경감되지 않을 회오의 먹이가 되었다. 반면에 보잘것없고 경멸당하던 굴첸루즈는 침해받지 않는 평온함과 어린아이 같은 순전한 행복 속에서 평생을 살았다고 하더라.

† 바테크 †

작가 소개

윌리엄 벡퍼드
William Beckford

    윌리엄 벡퍼드는 1759년에 런던 시장의 아들로 태어났고, 부친 역시 이름이 같은 윌리엄이었다. 부친은 자메이카 총독이었던 조부로부터 막대한 유산을 물려받았고 무역으로 재산을 더욱 늘렸다. 부친 윌리엄은 런던에 저택을 짓고 윌트셔 백작령인 폰트힐에 화려한 시골집을 지었다. 어린 윌리엄은 부친이 사망하자 1770년에 어머니와 함께 폰트힐로 이주했다. 윌리엄은 가정교사로부터 교육을 받았는데, 그리스어, 라틴어, 철학을 배웠다. 그러나 건축가 윌리엄 체임버스와 화가 알렉산더 커즌즈가 특히 윌리엄의 성장에 많은 영향을 끼쳤다. 꿈 많은 소년 윌리엄은 어머니가 먼젓번 결혼에서 얻은 딸인 이복누이와 함께 이탈리아어로 아리오스토의 작품을 읽으며 시간을 보냈다. 소년 윌리엄은 특히 커즌즈에 매료되었다. 커즌즈는 자신이 표트르 대제의 사생아라고 했는데 전혀 신빙성 없는 이야기는 아니었다. 그는 윌리엄에게 동양, 특히 자신이 오래 머물렀던 페르시아의 아름다움과 신비를 이야기해 주곤 했다.

1777년, 열여덟 살에 윌리엄 벡퍼드는 신사 교육을 받기 위해 유럽 그랜드 투어❖를 떠났다. 먼저 제네바에 18개월 동안 머무르며 연로한 볼테르를 알게 됐다. 그다음에는 스페인과 포르투갈을 여행했다. 그는 포르투갈에 저택을 짓고자 했을 정도로 그 나라를 좋아했다. 외국에 오래 체류했던 경험은 두 권의 유명한 여행기로 결실을 맺었다. 1783년에 발간된 《꿈, 걸어 다니는 생각과 사건Dreams, Waking Thoughts and Incidents》과 1835년에야 나온 《알코바사와 바탈랴 수도원 여행담Recollections of an Excursion to the Monasteries of Alcobaça and Bathalha》이다.

특히 벡퍼드는 건축물에 대한 기억을 외국에서 함께 가져왔다. 벡퍼드는 외국 건축물들에 매료되었고 집착했다. 아드리아누스 황제가 제국 변방들을 방문했을 당시 깊은 감동을 받았던 기념물들을 티볼리에 있는 자신의 왕궁에 다시 짓게 했듯이, 벡

❖ 17세기 중반부터 19세기 초반까지 유럽, 특히 영국 상류층 자제들 사이에서 유행하던 유럽 여행.

퍼드 역시 폰트힐의 큰 정원을 아름다움, 특히 그가 이탈리아와 포르투갈에서 감탄해 마지않았던 아름다움을 상기시켜 주고 재창조해 내는 건축물들로 장식했다. 벡퍼드는 여러 가지 건축물들에 끝없이 집착하며 시대와 장소를 불문하고 온갖 스타일의 건축물들을 뒤죽박죽 쌓아 놓느라 막대한 부를 거의 모두 탕진했다.

벡퍼드는 높이가 4미터에 길이가 몇 십 킬로미터에 달하는 담벼락이 둘러쳐져 있고, 프리지아산 말을 타고 돌아다녀야 할 만큼 거대한 정원에 자리한 집에 틀어박혀 외롭게 말년을 보냈다.

그를 소설가로 기억하게 하는 유일한 작품은 《바테크, 아라비아 이야기 Vathek: An Arabian Tale》이다. 프랑스어로 쓴 독창적인 작품(벡퍼드의 믿기지 않는 주장에 따르면 1박 2일 동안 쓴)으로 1786년 발간되었다. 같은 해 사무엘 헨리의 영역본이 작가의 감수 아래에 나왔다. 벡퍼드가 읽고 좋아했던 작품들 가운데 《압달라의 모험》이란 제목의 시시하고 혼란스러운 이야기가 있다. 이 작품은 샌디슨의 한 신사가 아랍어를 프랑스어로 번역했다고 주장했는데 1712년에 출간됐다. 그로테스크한 성격의 수많은 일화들 가운데 한 야망이 큰 남자가 악마와 계약을 맺는다는 오랜 테마의 일화가 있다. 바테크 역시 에블리스(코란의 악마)의 부하 즉, 악마의 유혹자 역할을 하는 이단자에게 넘어간다. 여러 세부 내용들이 벡퍼드가 《압달라의 모험》 안에 있는 비슷한 이야기를 참조했음을 보여 준다. 여기서 두 작품 안에 있는 비슷한 두 일화를 서로 비교하려는 것이 아니다. 여기서 주의해야 할 점은 인간의 한계를 벗어나 절대적인 것을 추구한다는 테마와 바테크가 이단자와 맺은 계약을 연결시켜 본다면, 문학사 개론에서 고딕 소설이라는 꼬리표가 붙은 벡퍼드의 소설은 배경이 동양이고 장면이 다소 끔찍하긴 해도 '파우스트'의 전통에 아주 가깝다는 사실이다.

동양은 벡퍼드의 상상력을 자극했던 요소들 가운데 가장 눈에 띄는 요소이다. 하지만 그것과 동시에 벡퍼드가 호흡했던 파우스트의 분위기를 간과해선 안 된다. 크리스토퍼 말로의 《파우스투스 Faustus》를 연상시킨다 해도 과언이 아니다. 벡퍼드는 선한 정령이란 인물을 자신의 작품에 도입할 정도로 말로의 작품을 분명 잘 알고 있었다. 선한 정령은 말로의 선한 천사에 해당하며 지옥의 계약을 끝내지 못하도록 이끄는 동일 역할을 한다. 《바테크》에서 이 선한 정령은 목동의 모습으로 나타나 신비한 화음의 피리 소리로 죄인들의 영혼을 감동시킨다. 목동으로 변장하고 나타나는 것은 애디슨이 《스펙테이터 The Spectator》 159호에서 이야기했던 〈미르자가 본 환상〉이 출처가 됐다는 사실을 생각하지 않을 수 없다. 사실 괴테의 《파우스트》 첫 부분은 1790년에 나왔고, 4년 뒤 《바테크》가 출간되었다. 하지만 파우스트 설화는 베케트가 처음 제네바에 머물 당시 이미 유행이 되고 있었다. 이것으로 미루어 보아 말로의 작품은 미래 《바테크》의 작가에게 중요한 영향을 미쳤다. 벡퍼드가 처음 제네바를 여행했던 1776년에 프랑스에서 《무서운 죽음을 맞이한 위대하고 끔찍한 유혹자 장 파우스트의 놀랍고 비통한 이야기》*L' Histoire Prodigieuse et Lamentable de Jean Fauste Grand e Horrible Enchanteur avec Sa Mort Pouvantable*라는 옛날 제목으로 파우스트의 전설이 재판되어 나왔다. 그리고 벡퍼드가 제네바에 체류할 때인 1778년에 독일 시인 프레데리크 뮐러의 《파우스트의 극적 생애》가 출간되었다. 아마 벡퍼드는 이 작품을 전혀 몰랐을 것이다. 하지만 이 사실은 파우스트의 전설이 당시 유행이었음을 보여 준다.

수많은 추억을 가지고 여행에서 돌아온 벡퍼드는 커다란 정원 한복판에 자리한 자신의 집에 칩거했다. 그는 여행 기억의 일부를 폰티힐 건축의 세부에 옮겨 놓으려 했다. 그리고 일부는 앞에서 언급한 책들과 편지에 적어 넣었다. 벡퍼드는 《바테크》를 집필하며 파우스트 전통과 《천일야화》로 표현된 동양 내러티브 전통에 참여했고, 그를 고딕 소설과 인연 맺게 만든 요소들이 풍미하던 시대에 동참했다. 비록 바테크의 이야기가 파멸로 끝나고 바테크는 인과응보의 형벌을 받지만, 책은 비극적인 어조를 띠지 않는다. 가장 '고딕적인' 장면에서 보여 주는 파멸과 형벌도 환상이 만들어 내는 화려하고 다채로운 아라베스크를 보여 주고 소설은 결과적으로 환상적인 이야기로 전개된다. 벡퍼드가 삶은 물론 글쓰기에서도 우리가 앞에서 말했던 높은 수준의 아마추어 작가였음을 생각한다면 그럴 수밖에 없다.

옮긴이 문은실
홍익대학교 불어불문학과를 졸업했다. 출판기획과 취재를 하면서 대중문화 자유기고가와 영미권과 불어권 도서 번역가로 활동하고 있다. 직접 쓴 책으로 《미드 100배 즐기기》가 있고, 옮긴 책으로는 《그 여자의 살인법》, 《유쾌한 깨달음》, 《자연과학 상식사전》, 《디자인이 만든 세상》, 《하버드가 지배한다》, 《마이 히어로》 등이 있다.

옮긴이 이승수(해제, 작가 소개)
한국외국어대학교 이탈리아어학과를 졸업하고 동 대학원에서 비교문학 박사 학위를 받았다. 옮긴 책으로 《순수한 삶》, 《신부님 우리들의 신부님》, 《그날 밤의 거짓말》, 《그림자 박물관》, 《달나라에 사는 여인》, 《넌 동물이야, 비스코비츠!》 등이 있다.

바테크

초판 1쇄 발행 | 2010년 12월 15일

지 은 이　윌리엄 벡퍼드
옮 긴 이　문은실
디 자 인　최선영 · 장혜림

펴 낸 곳　바다출판사
발 행 인　김인호
주　　소　서울시 마포구 서교동 398-1 창평빌딩 3층
전　　화　322-3885(편집), 322-3575(마케팅부)
팩　　스　322-3858
E-mail　badabooks@gmail.com
홈페이지　www.badabooks.co.kr
출판등록일　1996년 5월 8일
등록번호　제 10-1288호

ISBN　978-89-5561-575-3　04840
　　　　978-89-5561-565-4　04800(세트)